LE
TRÉSOR

DE L'ÉGLISE DE VENERQUE

ou

RAPPORT

SUR L'INVENTION DU CORPS DE SAINTE ALBERTE

SUIVI D'UNE

Notice sur les saints dont on y possède des reliques,

PAR

M. L'Abbé MELET

Ex-curé de Venerque,
Curé de Saint-Michel-Ferrery (Lardenne).

~~~

TOULOUSE

SISTAC ET BOUBÉE

ÉDITEURS

14, RUE SAINT-ÉTIENNE

VENERQUE

CHEZ

M. PONS-JAUBART

LARDENNE

CHEZ L'AUTEUR (BANLIEUE DE TOULOUSE.)

LE

TRÉSOR

DE

L'ÉGLISE DE VENERQUE

TOULOUSE. — IMPRIMERIE SAINT-CYPRIEN.

† Sainte Alberte Vierge et Martyre

LE
TRÉSOR

DE L'ÉGLISE DE VENERQUE

OU

RAPPORT

SUR L'INVENTION DU CORPS DE SAINTE ALBERTE

SUIVI D'UNE

Notice sur les saints dont on y possède des reliques,

PAR

M. L'Abbé MELET

Ex-curé de Venerque,
Curé de Saint-Michel-Ferrery (Lardenne).

TOULOUSE

IMPRIMERIE CATHOLIQUE SAINT-CYPRIEN

27, ALLÉES DE GARONNE, 27

1885

ARCHEVÊCHÉ DE TOULOUSE

Le Trésor de l'église de Venerque est le fruit de recherches actives et d'un travail persévérant ; il nous paraît surtout propre à faire connaître sainte Alberte et à en propager la dévotion ; Nous n'hésitons pas à en permettre l'impression.

Toulouse, en la Fête de l'Immaculée-Conception de la B. V. Marie, 8 décembre 1885.

✝ Fl. Card. DESPREZ,

Arch. de Toulouse.

PRÉFACE

Ces lignes n'étaient pas destinées à être publiées ; mais sollicité, d'un côté par mes amis, qui ont voulu connaître par le détail l'invention du corps de sainte Alberte, de l'autre par la reconnaissance que je devais à la jeune héroïne, j'ai fini par céder. Pouvais-je donc, sans ingratitude, ne pas révéler cette jeune enfant, et ne pas soulever ce voile d'oubli qui nous la cachait depuis déjà de longs siècles? Si on me taxe de témérité en osant cela, j'accepte le reproche. Pourvu que sainte Alberte soit connue, appréciée et aimée ; pourvu que son culte se propage et qu'elle soit honorée, ces honneurs, qui rejailliront sur elle, seront pour moi la plus enviable des compensations.

A l'occasion de sainte Alberte, je me suis encore demandé si les reliques qui reposent à côté des siennes, dans le trésor de Venerque, ne méritaient pas quelque mention spéciale. Qui connaît les héros auxquels appartiennent ces reliques? Personne. Que de trésors, cachés pour le plus grand nombre, et qui seraient cependant d'une si grande utilité. Dans un siècle où, par la diffusion d'une mauvaise presse et de feuilletons plus pernicieux encore, on cherche à affaiblir le sentiment religieux et tout ce qui peut nous attacher aux pratiques de notre sainte foi, il paraît bon de réagir contre cette guerre impie, en révélant aux chrétiens leurs vrais modèles. Ce ne sont pas des héros de fantaisie et créés le plus souvent par des imaginations en quête de scandales que nous leur offrons; ce sont des héros de notre foi, c'est une galerie de portraits de nos ancêtres religieux, pris à tous les âges de l'Eglise, que nous leur présentons, et dont ils doivent, je ne dis pas seulement admirer, mais suivre surtout les beaux exemples. Noblesse oblige.

J'ose compter que, lu par mes anciens paroissiens de Venerque et par les personnes intéressées à cela, ce travail pourra faire du bien. C'est là mon but et mon excuse.

Puisse le bon Dieu bénir ces lignes !

Lardenne, 21 octobre 1885.

(Jour anniversaire des fêtes de l'Invention du corps de sainte Alberte.)

PREMIÈRE PARTIE

PRÉAMBULE AU RAPPORT

Ce fut un grand événement que l'Invention du corps de sainte Alberte, à Venerque, le 8 avril 1884.

Mais n'avait-on aucun doute, à Venerque, sur la présence d'un corps aussi précieux? On peut dire qu'on n'en avait aucun.

Il est vrai qu'à différentes époques, des insinuations sur la présence à Venerque de ce trésor étaient parvenues aux curés qui se sont succédés dans cette paroisse : c'est ainsi qu'en 1859, Mgr Mioland, archevêque de Toulouse, sur la demande de l'évêché d'Agen, demandait à M. l'abbé Castillon, curé alors de Venerque, et plus tard évêque de Dijon, si son église possédait les reliques de sainte Alberte; en 1882, c'était M. l'abbé Bacarisse, alors vicaire de Sainte-Foy, qui m'écrivait dans le même sens; antécédemment à ces deux époques, M. l'abbé Salvan, dans son *Histoire générale de la ville de Tou-*

louse, semblait affirmer encore la présence, dans notre église, des reliques de la sainte; et c'était tout.

Devant ces insinuations et demi-affirmations, quelle était la réponse des curés de Venerque? Invariablement la même. On répondait qu'on ne se croyait pas en possession de ce corps précieux. En l'absence de documents locaux qui auraient pu les éclairer, n'ayant devant eux qu'un reliquaire ou coffret en cuivre du XIᵉ ou XIIᵉ siècle, les curés de Venerque croyaient ne posséder que les reliques de saint Phébade; ils ne pouvaient soupçonner que les ossements des deux saints reposaient ensemble, dans le même reliquaire et dans le même sac de soie, comme le démontra le fait providentiel du 8 avril 1884.

Une question subsidiaire se présente ici. Comment les corps des deux saints se trouvent-ils à Venerque? Aujourd'hui, on peut donner à cette question une réponse concluante, tirée des légendes des anciens comme des nouveaux bréviaires d'Agen. On lit, en effet, dans ces légendes que, dans des temps bien reculés, et sans doute à cause du malheur des temps, les deux reliques furent confiées par l'église d'Agen, à titre de dépôt, à l'église de Périgueux, et qu'ensuite, dans le laps des siècles, elles furent transférées de Périgueux à Venerque : *Corpus sanctæ Albertæ, cum sanctis Phæbadii pignoribus, depositum fuit apud Petracorios, ac tandem translatum ad ecclesiam de Benerkis.*

Mais à quelle époque doit-on fixer cette dernière

translation? Il n'y a rien de précis là-dessus. M. l'abbé Salvan veut que cette translation se soit faite au XIIe siècle (p. 345, 1er vol. de l'*Histoire de l'Église de Toulouse*); mais ses inductions ne reposent sur aucun fondement solide.

Théodore de Bèze, dans son *Histoire des Églises réformées au royaume de France*, éditée en 1580, assure qu'en 1562 Venerque possédait déjà, *de toute antiquité*, le corps de saint Phébade; cette assertion d'un auteur protestant permet déjà d'inférer que la translation des reliques a dû se faire bien antérieurement au XVIe siècle.

De plus, on possède à Venerque, écrits dans la langue de l'époque, les statuts de la confrérie de Saint-Phébade, datant de 1497, et approuvés, la même année, par l'official de l'archevêque de Toulouse; d'où cette conclusion nécessaire que la translation avait été faite avant l'année 1497 (1).

Remarquons encore que, parallèlement au fait dont il est ici question, un grand événement se dessina à Toulouse en 1432 : ce fut la translation solennelle du saint Suaire de l'abbaye de Cadouin, en Périgord, en l'église du Taur, de Toulouse, sous Pierre de Saint-Martial, son archevêque. Qui amena Bertrand Dumoulin, abbé de ce célèbre monastère de Saint-Benoît, à se défaire d'une

_____

(1) **Extraits desdits statuts, § 5** : « Aprets la ditta missa matinal touts los confrayres et confrayresses iran à la processio ou si portara *lo corps sant de Mgr saint Fédary*, ambe pavalho, loqual pavalho portaran los dits..., etc.

relique aussi précieuse? Ce fut la crainte, bien justifiée dans la suite, que les Anglais ne vinssent à piller son monastère. Mais le même motif qui décidait Cadouin à mettre ses reliques en sûreté, dut décider encore les autres églises et abbayes du Périgord à agir de même pour leurs trésors religieux; c'est donc de cette manière, à défaut d'autres documents, que nous croyons expliquer la translation, dans ces temps troublés, des corps de sainte Alberte et de saint Phébade, de Périgueux à Venerque. Cette explication devient plus plausible si nous faisons remarquer que Venerque possédait alors une abbaye de Bénédictins (voir *Gallia christiana*, t. XIII, p. 88), la plus ancienne du pays toulousain, puisque, au rapport de dom Vaissette, dans son *Histoire du Languedoc*, cette importante abbaye fut, à l'assemblée d'Aix-la-Chapelle, tenue en 817 sous Louis le Débonnaire, successeur immédiat de Charlemagne, exemptée de toute redevance envers l'Etat, en hommes et en argent, par la raison qu'elle était de fondation royale, ce qui permet de faire remonter sa fondation au moins à Pépin le Bref.

Qui ne sait d'ailleurs que, jusqu'à nos temps modernes, les abbayes, à l'instar de l'arche biblique, eurent pour mission de sauver de la barbarie des temps et des déprédations des hommes, les sciences, les arts, les reliques des saints, les âmes, et, pour tout dire en un mot, la société entière. A cette époque éloignée de nous, quand une église ou abbaye voyait ses trésors menacés, c'était à une église ou abbaye des plus voisines qu'elles les confiaient. Or, aucun pays ne fut plus tourmenté que l'Agenais et le Périgord. Ces contrées devinrent comme le théâtre continuel des déprédations ennemies. Tantôt c'étaient les Vandales et les Maures, tantôt les Normands et les Anglais, tantôt les protestants qui rançonnaient ces malheureuses contrées et profanaient ses gloires religieuses. Pour n'en citer qu'un fait entre mille, que firent les protestants quand, sur la fin du XVI⁰ siècle, ils s'emparèrent de Périgueux? Ils ne se contentèrent pas de piller la ville, mais ils assouvirent leur haine de religionnaires en jetant dans la rivière de l'Isle les reliques de saint Front, le premier évêque et le premier apôtre de cette ville. Ces reliques ne furent plus retrouvées.

A quelques lieues de ces malheureuses contrées, Toulouse, protégée par ses comtes et la couronne de France, était à l'abri des envahisseurs. Quoi d'étonnant que les trésors religieux de l'Agenais et du Périgord aient trouvé un refuge dans le pays toulousain?

C'est par de telles considérations que le savant abbé Servières, auteur de la *Vie de sainte Foy*, explique en général les translations de reliques d'un pays dans un autre. Nous acceptons ces conclusions.

Ajoutons encore quelques réflexions qui ne me semblent pas trop s'écarter du grave sujet qui est ici traité.

Bernard d'Angers, célèbre professeur de théologie, dans une de ses lettres à saint Fulbert, évêque de Chartres, lui disait :

« J'ignore par quelle fatalité ou pour quel crime la

« ville d'Agen a vu disparaître presque toutes ses illustres
« reliques; les unes par la force, les autres par quelque
« pieux larcin. Si jamais vous voyagez en Aquitaine ou
« dans les pays voisins, vous trouverez, comme j'ai
« trouvé moi-même, diverses églises qui vous diront, en
« vous montrant leurs reliques : Voici le corps d'un
« martyr d'Agen. »

Ces lignes furent écrites en 1020.

Il ne nous appartient pas de scruter les desseins de la
Providence et d'expliquer pourquoi elle a permis que des
tourmentes politiques et religieuses aient bouleversé la
contrée agenaise et obligé les corps de ses saints à
chercher ailleurs une hospitalité qui leur a été pieusement accordée. Sans vouloir rien expliquer, l'on peut
affirmer, néanmoins, que soit l'église d'Agen, qui a perdu
une partie de ses trésors, soit les églises qui se sont enri-
chies de ce qu'elle a perdu, toutes ont bénéficié de cette
translation de corps saints. Agen y a gagné, en ce que le
rayonnement, dans les diverses contrées de la France,
des reliques de ses saints a révélé partout le passé
glorieux de son église. Il est peu d'églises particulières
qui aient été aussi fécondes en gloires religieuses; sa couronne de saints est des plus riches et d'une incomparable
beauté, et, dans les fleurons de cette couronne, on aime
à signaler de saints évêques, comme saint Caprais, saint
Phébade, saint Dulcide, saint Bernard, de Tolède; de
saints diacres, comme saint Vincent et saint Maurin; de
jeunes vierges, comme sainte Foy et sainte Alberte; des

martyrs moissonnés à la fleur de l'âge, comme les Prime et les Félicien, etc., etc.

Ah! qu'une église peut être fière quand elle compte de si saintes illustrations!

Soyons fiers aussi, à Venerque, d'avoir hérité d'une portion de ces gloires; faisons surtout consister notre fierté à les honorer dignement.

RAPPORT

Fait à Son Éminence Mgr le cardinal Desprez, archevêque de Toulouse, sur l'Invention du corps de sainte Alberte, à Venerque.

I

ÉMINENCE,

L'invention du corps de sainte Alberte, à Venerque, dans votre diocèse, est un événement si important, que notre devoir nous commandait d'instruire la cause de cette glorieuse sainte. Cette pensée a donné naissance au présent rapport.

Il y a quelques années à peine, fut retrouvée, à Agen, la tête de saint Phébade, ancien évêque de cette ville, et dont le corps se trouve à Venerque, de temps immémorial.

Nous allons dire comment cette tête fut retrouvée à Agen. L'invention de ce chef précieux se lie d'une manière si étroite et si providentielle à l'invention du corps de sainte Alberte, qu'il paraîtra intéressant de signaler les péripéties et incidents de cette grande découverte.

En 1793, les énergumènes de cette fatale époque saccagèrent le palais épiscopal d'Agen. Mgr d'Usson de Bonnac, alors évêque de cette ville, avait été obligé, sous la pression des événements sinistres de ce temps malheureux, à quitter sa ville épiscopale.

Accidentellement, et parce que de grandes réparations, qui avaient fait cesser tout office religieux dans la cathédrale de Saint-Etienne, étaient faites dans cet édifice, quelques reliquaires avaient été portés à l'évêché, et dans le nombre se trouvait celui qui renfermait la tête de saint Phébade. Ce reliquaire fut découvert par les révolutionnaires qui, sans respect pour la mémoire de leur saint évêque, le profanèrent ; ils osèrent même jeter sa tête auguste sur le parquet d'une des salles de l'évêché.

Que devint cette précieuse relique, de nulle valeur pour la horde impie qui venait de la profaner ? Elle fut subtilement recueillie par une jeune enfant de seize à dix-sept ans, par Mlle Theubet, la fille d'un des employés de l'évêque, forcément absent. La jeune enfant la porta chez elle et l'entoura toujours de sa pieuse vénération. Mariée plus tard à M. Bondat, elle eut de son mariage quatre enfants, et l'une de ses filles devint la belle-sœur d'un prêtre vénérable, très connu à Agen, M. l'abbé Ion. A l'ouverture de la succession des époux Bondat, en 1865, ce fut ce bon prêtre qui, de par la volonté des héritiers et à cause surtout de son caractère sacré, fut mis en possession de la tête de saint Phébade. M⁵ʳ de Vesins, alors évêque d'Agen, fut informé par cet ecclésiastique de l'acquisition sainte qu'il venait de faire. Sa Grandeur accueillit avec beaucoup de joie cette communication; mais tout se borna là. En 1882, le même ecclésiastique céda sa relique à M. l'abbé Bacarisse, alors vicaire de Sainte-Foy, à Agen. Ce fut un bonheur, car, grâce à l'initiative prise par ce prêtre zélé, ce trésor a pu être tiré de l'oubli; et déjà, le 8 juin 1885, M⁵ʳ Cœuret, nouvel évêque d'Agen, a pu authentiquer officiellement la tête de saint Phébade, et la proposer à la vénération des fidèles.

Cet exposé succinct ne doit pas nous dispenser de suivre maintenant la marche qui a été suivie pour amener l'authenticité de la sainte relique.

A peine M. l'abbé Bacarisse se trouva-t-il possesseur de ce trésor, qu'il écrivit à Venerque pour demander « si « l'on ne possédait pas, dans cette paroisse, la tête de « saint Phébade. » A cela il fut répondu « qu'on n'avait « jamais possédé cette relique dans ladite paroisse, que « la tradition locale était formelle sur ce point, et, parmi « les témoins autorisés de cette tradition, on lui cita « M. l'abbé Mailhol, ancien vicaire général de Pamiers, « et le savant docteur Noulet, si compétent dans les « questions d'histoire et d'archéologie locales, tous les « deux originaires de Venerque ».

D'autre part, des documents de la plus haute valeur

établissaient qu'Agen était toujours resté en possession de la tête de saint Phébade.

M. de Thou, dans son *Histoire universelle*, tome III, page 283, édition de La Haye, en 1740, dit que « les « protestants avaient à Agen, en 1562, le libre exercice « de leur religion. Ils avaient même pris, de leur propre « autorité, pour tenir leurs asssemblées, l'église de Saint-« Fiary (ou Phébade), ancien évêque de cette ville, dont « saint Jérôme fait mention. Ils ne respectèrent pas plus « ce temple que les autres; ils ouvrirent le tombeau du « saint, et on y trouva encore, après tant de siècles, le « crâne et la mâchoire inférieure avec les dents dans « leur entier. »

Par la manière assez réservée dont M. de Thou parle de la tête de saint Phébade, on est porté à croire que les protestants furent plus respectueux des saintes reliques que les iconoclastes de 93.

Quoi qu'il en soit, ce fut avec un véritable émoi que le diocèse d'Agen apprit que la tête de saint Phébade avait été retrouvée. Immédiatement M. l'abbé Rumeau, vicaire général, fut chargé, par Mgr Fonteneau, de faire une enquête et de multiplier les recherches pour amener l'authenticité de cette relique. L'enquête ne pouvait être confiée à de meilleures mains.

Quelques jours s'étaient à peine écoulés, que l'on vit M. le grand vicaire prendre le chemin de Paris; il se faisait accompagner de M. de Gauléjac, célèbre médecin d'Agen. Le but avoué de leur voyage était d'aller soumettre la tête de saint Phébade à l'examen d'un des spécialistes les plus distingués de la capitale.

M. de Gauléjac avait déjà étudié cette tête, et, étonné du résultat surpris par son diagnostic, il éprouva le besoin de faire contrôler ses déductions par une sommité de la science. Les hommes supérieurs en sont toujours là. Quoi qu'il en soit, il eut le bonheur de voir le spécialiste arriver aux mêmes conclusions que lui, et cela sans concert préalable et sans que le spécialiste de Paris pût se douter qu'il avait devant lui la tête de saint Phébade.

On rapporte (1) que ce spécialiste distingué (2), se recueillant devant cette tête soumise à son examen, aurait affirmé trois choses :

1° Se basant sur les données scientifiques et anatomiques, il aurait affirmé d'abord que « la tête qui lui était « soumise appartenait à un homme d'un âge très avancé » ;

2° Poursuivant ensuite son examen, il aurait encore affirmé que « cette tête était du type grec » ;

3° Enfin, par l'inspection de la structure particulière de cette tête, il aurait affirmé, en dernier lieu, que « c'était là la tête d'un homme d'études et d'un profond « penseur ».

Examinons maintenant si les données de la science sont d'accord avec les données historiques.

(1) Rapport de M. l'abbé Rumeau, vicaire général, *Semaine catholique* d'Agen, page 370.

(2) M. Hamy, professeur d'anthropologie au Muséum d'histoire naturelle de Paris.

Relativement au premier point, que « la tête apparte-
« nait à un homme avancé en âge », l'histoire n'y contre-
dit pas. Que dit, en effet, saint Jérôme? Il a écrit, dans
ses œuvres, que « saint Phébade mourut dans un âge
« très avancé, *decrepitâ senectute* ».

Pour ce qui regarde l'origine grecque de saint Phébade,
c'est encore un point généralement et historiquement
acquis que saint Phébade était Crétois de naissance. Le
Père Cortade, entre autres, dans sa *Vie des sept saints
tutélaires d'Agen*, affirme cette origine du saint pontife.
Il donne même l'étymologie de son nom, en le décompo-
sant de deux mots grecs, qui signifient : « Porte-
Lumière ». Et, en effet, Phébade fut une lumière de
l'Eglise.

Et il n'est pas étonnant qu'on puisse revendiquer cette
origine grecque pour saint Phébade. Qui ne sait aujour-
d'hui que, dans les premiers siècles de l'Eglise, la Grèce
fut le berceau et le foyer des belles-lettres et des sciences ;
qu'elle fut évangélisée par saint Paul, qui y établit des
églises florissantes, et que, précisément à cause de cela
et à raison des rapports fréquents et faciles que la Grèce
entretenait avec les Gaules, elle devint comme une pépi-
nière de papes et d'évêques. Plusieurs papes, en effet,
d'origine grecque, s'assirent sur le trône pontifical. Nous
pourrions en citer un très grand nombre; contentons-
nous de mentionner saint Anaclet, saint Evariste, saint
Telesphore, saint Hygin, saint Antéros, saint Eleuthère,
saint Denis, etc., etc.

Les Gaules, également, lui doivent un grand nombre d'évêques. Saint Denis, premier évêque de Paris, était Grec; il en est de même de saint Pothin, premier évêque de Lyon. A Toulouse, nous lui devons notre premier évêque et notre premier martyr, l'illustre saint Saturnin.

Qui ne sait encore que Tite, le disciple bien-aimé de saint Paul, fut le premier évêque de l'île de Crète, la patrie de saint Phébade.

En troisième lieu, l'homme de science avait affirmé que « la tête de saint Phébade appartenait à un homme « d'études, à un profond génie »; l'histoire vient confirmer encore cette troisième déduction scientifique.

Qu'affirme, en effet, l'histoire ecclésiastique? Que par ses multiples écrits et par sa science étonnante, saint Phébade contribua à terrasser l'hérésie d'Arius : *hæreticorum omnium, Arianorum maxime, flagellum fuit.*

A cause de sa constance à soutenir la foi de Nycée, à cause de sa vertu et de sa science dogmatique, il fut appelé à présider plusieurs conciles.

Ainsi, comme on le voit, les conclusions de la science étaient en parfait accord avec les faits historiques, et c'était bien la tête de saint Phébade qui était soumise à l'examen du spécialiste de Paris. D'ailleurs, il la salua lui-même de ce nom, quand averti, à la fin de ses conclusions, qu'on avait cru lui soumettre la tête d'un saint pontife, il s'écria : « Rien ne s'oppose à ce que l'on « attribue à cette tête l'origine qui lui est assignée. »

On pourrait ici, si la chose ne paraissait inutile de

notre part, féliciter ces deux sommités de la science, M. de Gauléjac et l'illustre professeur du Muséum d'histoire naturelle de Paris.

Tous les deux se sont rencontrés pour aboutir aux mêmes conclusions. Ils ont étudié, sans parti pris, ils n'ont pris conseil que des données scientifiques et des intérêts de la science, et maintenant, devant le résultat qui a couronné leurs travaux, et qui n'est autre que la révélation pour l'Église de Dieu d'une de ses plus saintes et de ses plus pures gloires, ils peuvent, à bon droit, comme un de leurs illustres devanciers, le savant Galien, jeter ce cri d'enthousiasme *chrétien* : « Nous venons de « chanter une hymne à la gloire de Dieu. »

Les conclusions de la science, de plus, la parfaite honorabilité de la famille qui avait conservé la sainte relique, militaient en faveur de son authenticité, et néanmoins la commission d'Agen, voulant épuiser tous les genres de preuves, se décida à se transporter à Venerque, pour visiter le corps de ce grand saint et s'assurer que la tête du saint évêque ne se trouvait point avec ses autres ossements. Le 8 avril de l'année 1884 fut choisi pour cette confrontation de reliques.

Assisté de M. l'abbé Dernis, curé du Vernet, je me fis un honneur de recevoir ces Messieurs d'Agen, qui se présentèrent en effet, au jour indiqué, munis de l'autorisation spéciale de Votre Eminence, pour inspecter le saint trésor. Deux cierges allumés avaient été disposés sur une tablette.

Après une prière, rendue plus fervente par la présence des reliques du saint pontife, le sac de soie verte qui renfermait les saintes dépouilles fut ouvert par M. de Gauléjac. Le moment solennel était arrivé, et les reliques venaient d'être posées sur la tablette. Or, qu'advint-il alors? C'est qu'à la stupéfaction de tous, nous vîmes des fragments de crâne émerger du milieu de ces saints ossements. M. le docteur de Gauléjac, surpris lui-même, examine ces fragments, et, après un moment donné à la réflexion et à l'étude, il s'écrie : « Non, ce n'est pas là la tête de « saint Phébade ; c'est la tête d'une jeune personne. » Et, étudiant de près les autres ossements, il ajoute : « Et, ce qu'il y a de surprenant, c'est qu'il se trouve ici « autant d'ossements appartenant à une jeune personne « qu'il y en a appartenant à saint Phébade. »

De qui donc pouvaient être ces ossements de jeune personne? Aucune conclusion ne fut alors prise ; un rapport seulement fut rédigé constatant que « la « tête de saint Phébade n'avait pas été trouvée parmi ses « autres ossements », et, quand il fut revêtu des signatures des témoins déjà indiqués, les reliques furent remises dans le même sachet de soie verte, et scellées avec la cire rouge aux armes de Votre Éminence.

Devant les résultats acquis, ces Messieurs d'Agen se retirèrent satisfaits ; mais, après leur départ, mes anxiétés redoublèrent. Comme je me fis un devoir de l'écrire, le lendemain, 9 avril, à M. l'abbé Rumeau, vicaire général, lettre dont Son Éminence possède une copie, « je fus

« fortement préoccupé d'avoir entendu le docteur de
« Gauléjac signaler des ossements de jeune personne
« confondus avec ceux de saint Phébade. »

Dans la nuit qui suivit, le trouble qui m'obsédait ne
me quitta plus. Un livre m'avait été remis, quinze jours
avant les événements que je relate ; c'était l'ancien Propre
d'Agen, édition de 1727. Ce livre, je l'avais lu, et j'avais
lu encore la leçon qui regarde sainte Alberte. Le souvenir qui pouvait m'en rester, combiné avec les insinuations contenues dans la lettre dont j'ai parlé de M. l'abbé
Bacarisse, réveillèrent-ils dans mon esprit le souvenir
de sainte Alberte? C'est probable. Voilà pourquoi, et
comme inconsciemment, j'ébauchais un raisonnement de
ce genre : « Mais à qui peuvent donc appartenir ces
« ossements de jeune personne?... Le respect (1) pour
« les saintes reliques était aussi grand autrefois qu'il
« l'est aujourd'hui. Une main profane n'aurait osé ni pu
« y toucher. Ces ossements, du moins en partie, appar-
« tiennent à une jeune personne. Mais sainte Alberte
« était une jeune personne. Si c'était elle! Quel heureux
« événement s'il en était ainsi? »

(1) Le respect pour les saintes reliques était si grand que,
dans une inspection officielle, faite aux saintes reliques par le
vicaire général de Flous, en 1657, l'abbé Roux, alors curé de
Venerque, dit que le grand vicaire, s'étant autorisé de son droit
de visite, pour demander des reliques de saint Fédary pour le
chapitre d'Agen, il en prit gros comme une pièce de 20 sous,
contre notre volonté et celle des habitants. (Registres de la paroisse.)

Et faisant part des doutes qui me travaillaient à M. l'abbé Rumeau, toujours dans la même lettre du 9 avril, je lui disais : « Comme cette solution inespérée « ferait disparaître l'étonnement où nous nous trouvions « tous, de trouver confondus, sur la même tablette, des « ossements si disparâtes d'âge.

« Aux premières lueurs du jour, et à peine levé, je « cours consulter le Propre de votre diocèse d'Agen, et, « à la page 9, au 11 mars, à la légende de sainte « Alberte, je trouve ces mots : *Ipsiûs (sanctæ Albertæ)* « *corpus*, UNA, *cum sanctis Phæbadii pignoribus, multo* « *tempore, depositum fuit, apud Petracorios, quod* « *deinde, cum iisdem exuviis translatum est ad eccle-* « *siam de Benerkis, Tolosanæ diœceseos, apud flu-* « *vium Aurigeram, ubi nunc asservatur.* »

Ces mots furent pour moi comme un trait de lumière, et j'ajoutais, toujours dans la même lettre : « Je vois « dans cette solution, amenée et provoquée par votre « enquête, une première merveille opérée par saint Phé- « bade et qui sera un argument puissant en faveur de « l'authenticité de son chef vénéré. Saint Phébade pou- « vait-il donc oublier la jeune enfant dont les reliques « précieuses furent associées aux siennes, dans leurs « multiples pérégrinations. Ensemble, leurs reliques « communes avaient quitté Agen ; ensemble, elles avaient « été déposées à Périgueux ; ensemble, elles avaient été « transférées à Venerque ; mais, à raison de circons- « tances inexpliquées, le corps seul de saint Phébade était

« en honneur. Dieu a permis aujourd'hui que le saint
« Pontife prît sa chère compagne, comme par la main,
« afin de la désigner à la vénération publique. Dieu a
« voulu que la tête de saint Phébade fût retrouvée, après
« un siècle de disparition, et qu'elle fût mise en contact,
« à Venerque, avec nos chères dépouilles du reliquaire,
« et la première grâce obtenue par son intercession
« puissante, est de révéler sa chère compagne sainte
« Alberte. Avouez, Monsieur le Grand Vicaire, que le
« doigt de Dieu est là, et que vous avez été, hier, en
« venant à Venerque avec M. le docteur de Gauléjac,
« l'instrument visible de la Providence. Pour moi, je
« n'hésite pas à le dire, les résultats obtenus sont le plus
« grand événement de ma vie. »

La cause de sainte Alberte en était là, Éminence, quand
je Lui fis part de ces événements, à la date du 21 avril.
Au 12 mai, sitôt après Son retour de sa première tournée
pastorale, dans l'arrondissement de Saint-Gaudens, j'eus
l'honneur d'être reçu par Elle, et, après une première
entrevue, Votre Éminence, déjà convaincue, voulut bien
m'engager « à faire copier l'Office de sainte Alberte,
« pour le faire approuver en cour de Rome » ; mais, plus
tard, l'Office d'Agen, relatif à notre sainte et approuvé
par Pie IX, étant venu entre mes mains, Votre Éminence
décida « que nous prendrions cet Office, et que la fête de
« sainte Alberte se ferait chaque année, à Venerque,
« sous le rite double, le 11 mars, jour qui lui est consacré
« par le diocèse d'Agen ».

Cette initiative si bienveillante de Votre Éminence me sembla comme un premier succès pour notre héroïne; et, précisément à cause de ce précieux encouragement, je me décidais alors, afin d'édifier d'une manière plus complète Votre Éminence sur sainte Alberte, à consulter ce qui avait été écrit, dans le pays d'Agen, sur la jeune vierge. J'ai pu mettre à contribution toutes sortes de documents, soit manuscrits, soit imprimés, et dont un grand nombre ont été mis à ma disposition avec une bienveillance sans égale par le pieux M. Lacaze, libraire d'Agen.

Ce sont ces recherches que je vais m'efforcer maintenant de soumettre à Votre Éminence, espérant que la résultante qui se dégagera de ces multiples preuves ne fera que confirmer des conclusions déjà acquises et tout à fait péremptoires.

II

Avant d'invoquer, en faveur de la cause de sainte Alberte, l'autorité qui s'attache aux documents historiques, constatons comme un fait indéniable l'état de possession pour sainte Alberte d'un culte public dans son diocèse.

Par qui a été établi ce culte public? Par l'autorité compétente, c'est-à-dire par le chef du diocèse, qui est l'évêque; par celui qui a été posé d'office par Jésus-Christ pour gouverner (1) une portion de son Eglise.

Quel est le premier effet ou la première conséquence de ce culte public pour sainte Alberte? C'est qu'un Office propre a été donné à son nom et à sa personnalité, et, à cause de cela, son nom a été inséré dans le livre des prières publiques, nommé liturgiquement le *Missel ;* à cause encore de cela, son nom et sa personnalité sont fêtés, dans son diocèse respectif, par tous les fidèles.

Le jour de la fête de sainte Alberte demeurant fixé, comme on l'a vu, au onzième jour du mois de mars, ce jour-là — et c'est là un spectacle imposant et qui a bien sa grandeur — tous les prêtres qui montent à l'autel pour offrir le saint sacrifice unissent sa mémoire au sang précieux de Jésus-Christ; et de cette union féconde des mérites de la jeune sainte avec les mérites infinis du Sauveur, découlent des torrents de grâce pour tout le peuple chrétien.

Une autre conséquence de ce culte public, c'est que la vie ou la légende de la jeune sainte trouve sa place dans le livre de prières de tous les prêtres appelé *Bréviaire,* prières obligatoires, se récitant tous les jours; de telle sorte que, depuis le plus humble lévite du diocèse jusqu'à sa plus haute sommité, qui est l'évêque, tous, à un jour fixé qui est le même, vont alimenter leur piété à la

---

(1) *Posuit episcopos regere Ecclesiam Dei.*

même source, qui n'est autre que le récit des hauts faits et mérites de sainte Alberte.

Ce simple exposé fait voir quelle est l'autorité de la tradition d'un diocèse : c'est comme un faisceau imposant de toutes les forces vives d'un pays ; c'est la série des témoignages de tous les prêtres et de tous les fidèles formant, dans leur ensemble, comme une chaîne ininterrompue liant tout à la fois le présent et le passé d'une église.

Et cette tradition de tout un diocèse, dans le cas présent, ne se borne pas à constater l'existence hagiologique et historique de sainte Alberte; elle constate encore un fait important pour nous : c'est la présence à Venerque de son précieux corps, comme on le verra dans la suite de ce rapport.

A défaut d'autres documents, nous pourrions nous arrêter-là ; mais il est bon encore de montrer que parallèlement à cette tradition, toutes sortes de documents historiques viennent corroborer et amener les mêmes conclusions.

Un des premiers documents que nous aimons à citer, à cause de l'autorité de l'auteur et parce qu'il a su avant d'autres recueillir les traditions de son diocèse, est le Père Cortade, de l'Ordre des Augustins. Dans la *Vie des sept saints tutélaires d'Agen,* imprimée en 1664, voici comment il s'exprime sur le sujet qui nous intéresse, à la page 99 : « Le corps auguste de saint Phébade, avec « celui de sainte Alberte, qu'on dit être sœur germaine

« de sainte Foy, ont longtemps reposé dans le Périgord ;
« enfin, les deux reliques *ensemble* furent portées
« en un lieu nommé Bénerque, diocèse de Toulouse, où
« elles sont gardées. »

Et à la page 137 du même livre, l'auteur ajoute :
« Pour ce qui est de sainte Alberte, nous n'en savons que
« ce mot, qui vaut un long éloge : elle était sœur ger-
« maine de sainte Foy; elle fut vierge et martyre sous
« Dacien. »

A peu près vers le même temps, l'abbé Labenazie, né
en 1635, écrivit l'*Histoire civile et religieuse d'Agen*,
restée manuscrite. Prieur de la Collégiale de Saint-
Caprais, ce Labenazie fut un chercheur de grand mérite.
Dom Durand et dom Martène, dont l'autorité et la compé-
tence historiques sont des plus grandes, lui ont fait
l'honneur de profiter de ses travaux et de qualifier son
histoire de « très bien faite ». Les nouveaux auteurs de
la *Gallia christiana* l'appellent *Illustris et eruditissimus
Benazius*. Ce savant auteur, auquel il ne sera fait que
quelques emprunts, s'exprime ainsi, à propos de sainte
Alberte (chap. IV, liv. Ier, de son *Histoire sainte du Diocèse et des Églises d'Agen*) : « Une des plus illustres
« conquêtes que fit saint Caprais à Jésus-Christ, fut la
« petite Foy. C'était une fille d'Agen, d'une des familles
« considérables de la ville...; elle avait une sœur ger-
« maine nommée Alberte... Cette Alberte fut martyrisée
« avec le reste des chrétiens qui se convertirent, touchés
« par le spectacle du martyre de sainte Foy...

« Son corps et ses reliques sont, avec le corps de saint
« Phébade, à Venerque, dans le diocèse de Toulouse. »

En 1852 parut, à Agen, un ouvrage assez remarquable à tous les points de vue, soit par la richesse du style,
toujours correct et brillant, soit par les profondes recherches de l'auteur, qui a eu la patience de compulser non
seulement les archives et les documents de son pays, mais
les archives et les trésors accumulés au Louvre.

Ce livre, dû à M. l'abbé Barrère, parut sous ce titre :
Histoire monumentale et religieuse du diocèse d'Agen.

A la page 37 de ce livre, et à l'occasion des tourments
endurés par sainte Foy, on lit ceci : « Déjà les licteurs
« avaient repris leurs instruments de fer, quand tout à
« coup une jeune vierge traverse la foule et vient confes-
« ser la foi chrétienne, en présence du gouverneur. C'est
« Alberte, la sœur de sainte Foy, qui vient cueillir avec
« elle la double couronne de la virginité et du martyre.
« Deux jeunes Nitiobriges, les deux frères Prime et Féli-
« cien, suivent son exemple et veulent partager les mêmes
« combats... La colère de Dacien s'enflamme, l'arrêt est
« porté et tous sont conduits au temple de Diane, excepté
« Caprais, qui vient de confesser la foi à son tour et qui
« est séparé de ses chers disciples parce qu'on le réserve
« pour une plus tardive exécution. Arrivés dans le tem-
« ple de la déesse, les soldats du Christ, toujours inflexi-
« bles, refusent de sacrifier aux idoles, et, au même jour,
« à la même heure, on vit leur tête tomber sous la hache
« du bourreau. »

M. l'abbé Barrère ajoute : « Le corps de sainte Alberte
« et celui de saint Phébade furent enlevés d'Agen pour
« aller d'abord à Périgueux, et, plus tard, dans l'église
« ancienne de Venerque, sur les bords de l'Ariège, au
« diocèse de Toulouse. »

Relativement à l'heure et au genre de mort de sainte
Alberte, le Propre actuel du diocèse d'Agen est d'accord
avec M. l'abbé Barrère ; dans l'Oraison consacrée à la
jeune sainte on lit, en effet, qu'elle fut martyrisée en
même temps que sa sœur sainte Foy : *Deus qui beatam
Albertam, virginem tuam, Fidi sorori ejus, non unâ
carnis cognatione, sed et virginitatis merito et marty-
rii coronâ consociare mirabiliter dignatus es, concede
nobis famulis tuis, ut, utriusque interventu, solliciti
simus unitatem fidei, in vinculo pacis, servare.*

M. l'abbé Servières, doyen actuel de Ville-Comtal,
dans le diocèse de Rodez, a composé, à l'occasion de
l'invention de la majeure partie des reliques de sainte
Foy, l'histoire de cette glorieuse sainte. Ce livre, récemment publié et arrivé à sa 4e édition, donne, aux pages 34
et suivantes, des détails sur sainte Alberte. D'accord pour
tout avec ses illustres devanciers, il dit encore, comme
eux, que « les reliques de sainte Alberte furent, dans
« des temps reculés, transportées à Périgueux et de là à
« Venerque ».

Nous pourrions citer d'autres documents qui, comme
les précédents, se sont inspirés des traditions anciennes
de l'église d'Agen ; mais comme ils n'ajouteraient aucun

fait nouveau et que les conclusions seraient les mêmes,
il faut s'arrêter là. Nous ferons seulement observer que
les documents apportés ici ont un prix immense, car il
est de notoriété générale qu'à cause des fréquentes inva-
sions auxquelles le pays d'Agen fut exposé dans le cours
des siècles, rien n'échappait au vandalisme des envahisseurs. Les archives de ce pays n'eurent pas un meilleur
sort que ses trésors religieux; elles furent à peu près
détruites partout.

Comme couronnement de ce travail, signalons maintenant la réponse (1) qui fut faite aux communications
adressées par nous à M. l'abbé Rumeau, vicaire général
d'Agen. Cette lettre a d'autant plus de prix, que M. le
grand vicaire confirme nos conclusions, après avoir été
travaillé des mêmes perplexités que nous et avoir pres-
senti comme nous que nous étions en présence du corps
de sainte Alberte.

« Je me réjouis avec vous d'une découverte que je
« regarde comme providentielle. Sans vouloir en rien
« devancer le jugement de l'Ordinaire, seul compétent en
« pareille matière, j'ai la ferme persuasion que les reli-
« ques de sainte Alberte sont, avec celles de saint Phébade,
« dans la même châsse précieuse qui forme votre trésor.
« La tradition est *formelle* sur ce point. Venerque pos-
« sède les reliques de sainte Alberte, comme celles de
« saint Phébade. Vous n'avez qu'à consulter la leçon du

(1) Cette lettre est du 22 juin 1884.

3

« Propre récemment approuvé de notre diocèse, qui sem-
« ble même indiquer que les ossements du saint pontife
« sont avec ceux de la jeune vierge : *Corpus sanctæ Al-*
« *bertæ, cum sanctis Phæbadii pignoribus, multo tem-*
« *pore, apud Petracorios depositum ; deinde unâ cum*
« *sanctis Phæbadii reliquiis, translatum fuit ad Eccle-*
« *siam de Benerkis Tolosanæ diœceseos.* »

Dans notre lettre du 9 avril, nous avions cité à M. le
grand vicaire d'Agen le texte du Propre de 1727. A cela,
M. le grand vicaire, dans sa lettre du 22 juin, répond
en nous donnant le texte du nouveau Propre. Or,
qu'arrive-t-il si on compare les deux textes? C'est qu'ils
sont, sinon identiques, du moins tout à fait concordants
entre eux. C'est-à-dire qu'à près de deux siècles de distance, une même voix se fait entendre, voix qui n'est
qu'un écho elle-même des traditions de tout le passé
d'une église, et cette grande voix s'exprime ainsi : *Corpus*
sanctæ Albertæ unâ cum sanctis reliquiis sancti Phæ-
badii.

Nous venons de dire que M. le grand vicaire, travaillé
des mêmes perplexités que nous, avait eu les mêmes
intuitions que nous, relativement à sainte Alberte; citons
pour cela un extrait du savant rapport lu, par M. l'abbé
Rumeau, dans la chapelle du grand séminaire d'Agen, le
8 juin 1885, concernant l'authenticité du chef de saint
Phébade.

M. l'abbé Rumeau, faisant allusion au grand événement du 8 avril 1884, s'exprime ainsi : « On peut juger

« de notre pénible surprise, quand nous aperçûmes, dans
« la châsse ouverte, un fragment de tête au milieu des
« reliques. Nos espérances semblaient renversées : elles
« n'avaient fait que s'étendre. Il demeurait certain qu'une
« enfant dormait là, auprès du vieillard, sous la châsse
« unique qui abritait leurs os... Cette enfant appartenait
« sans doute au même sol que le pontife dont elle parta-
« geait le sépulcre glorieux. Comment s'expliquer autre-
« ment qu'on eût mêlé leurs cendres. Un souvenir nous
« revint qui éclaircit nos doutes, le souvenir de sainte
« Alberte. »

Et maintenant que nous avons épuisé les documents
locaux, nous nous permettrons, pour corroborer nos conclusions, de faire une excursion dans les monuments
hagiographiques et religieux du passé. Parmi ces monuments, élevés à la gloire de notre Eglise de France, se
distinguent, entre tous, la *Gallia christiana* et les *Bollandistes*. Ne citons que ce qu'il y a de plus essentiel
dans les uns et dans les autres.

Dans la *Gallia christiana* (t. II, page 67, édition
de 1656), on trouve ce texte : *Cujus sancti Phœbadii,
corpus, situm multo tempore fuit, apud Petracorios,
cum reliquiis sanctæ Albertæ, virginis Aginnensis et
martyris, quæ germana soror fuit sanctæ Fidis; ac
translatum deinde ad Ecclesiam de Benerkis.*

Les *Grands Bollandistes* (t. III d'avril, pp. 258 et 366)
et les *Petits Bollandistes* (t. III, 11 mars), énoncent les
mêmes faits.

On connaît l'autorité qui s'attache aux *Bollandistes* et aux auteurs de la *Gallia christiana;* cela suffit pour montrer l'importance des textes cités.

Enfin, en dehors de ces monuments écrits, un autre document, celui-là iconographique, s'est présenté à nos recherches : c'est le reliquaire lui-même ou coffret en cuivre doré qui renferme les précieuses reliques.

On sait que les habiles ouvriers du moyen âge, éclairés des lumières de la foi, s'ingéniaient à reproduire, à l'extérieur des châsses ou reliquaires, les richesses intérieures qu'elles devaient renfermer; c'est ce qu'ils ont fait ici.

Le reliquaire de Venerque se présente sous forme de tombeau, et, naturellement, à raison des précieuses dépouilles qui devaient lui être confiées, c'est cette forme qu'il devait affecter. Ce tombeau présente quatre faces ou quatre panneaux : deux plus grands et deux de dimensions plus restreintes. Sur la face principale se trouve reproduite une belle page d'histoire ecclésiastique. Au milieu de ce panneau, on peut voir l'agneau immaculé de l'Apocalypse étendu sur la croix, et, aux deux côtés de l'agneau, se faisant pendant l'un à l'autre, se dessinent, d'un côté la personnalité d'un évêque, de l'autre une vierge. De la main droite, l'évêque, qui n'est autre que saint Phébade, comme l'indique son nom écrit sur une banderolle tenue par un ange, montre l'agneau immolé. Rien qu'à voir la majestueuse assurance avec laquelle le saint évêque désigne l'agneau crucifié, on sent qu'il affirme sa foi en la consubstantialité du Verbe, et que du même coup il déchire l'insidieux formulaire de Rimini, dressé par l'astucieux Valens, et qui fit jeter à saint Jérôme ce cri d'alarme, que « le monde s'était surpris « arien ». Phébade vengea cette surprise momentanée par des écrits si bien nourris contre ces mêmes ariens, que le même saint Jérôme n'a pas hésité à compter saint Phébade parmi les docteurs ecclésiastiques. Saint Hilaire, de Poitiers, saint Ambroise, de Milan, se firent gloire de le compter au nombre de leurs amis, et on possède encore des lettres élogieuses adressées par ce courageux évêque à son cher ami d'Agen (1).

Faisant face à saint Phébade, et au côté droit de l'agneau sacrifié, se dresse une vierge : on a deviné sainte Alberte. Dans la main droite, elle tient la palme du martyre; dans la main gauche, elle porte le livre des évangiles; elle presse ce divin livre sur son cœur, comme pour nous dire qu'elle a su en extraire le suc le plus doux et le plus pur, puisqu'elle est à la fois vierge et martyre; elle se fait encore gloire de le tenir élevé, comme pour inviter les générations qui la suivront à garder toujours les préceptes de l'Évangile et à savoir, quand il le faut, s'inspirer de ses conseils.

Sur le haut du même panneau, et immédiatement au-dessus de l'agneau crucifié, apparaît une seconde figure du Christ (2). Tandis que le Christ immolé est

(1) Voir une de ces lettres, à la fin de ce volume.

(2) On trouve le même *Christ assis* dans l'insigne basilique de Saint-Sernin.

pour ainsi dire au second plan, figurant la scène de ce monde infime, au-dessus s'élève le Christ triomphant, figurant le monde surnaturel ou le ciel. Le Christ est assis sur un trône, et, de ce trône majestueux, il semble encourager les deux vaillants athlètes, saint Phébade et sainte Alberte, à soutenir, l'un par sa plume, l'autre par son sang, les vaillants combats de la foi. Il semble dire aussi aux persécuteurs de la foi, qu'ils s'appellent Valens ou Decius, Constance ou Maximien, que s'ils peuvent dans ce monde donner libre cours à leurs fourberies et à leur rage, et persécuter ainsi le Christ et ses disciples, tout cela n'est qu'à charge de revanche; et, à leur tour, dès le passage de ce monde dans l'autre, ils trouveront en face d'eux le Christ vengeur de l'iniquité.

Avouons que les artistes des temps passés savaient créer des pages magistrales.

Sur le second panneau, la scène change et n'en est pas moins grandiose et instructive. Ici, saint Phébade occupe la place qu'occupait sur l'autre panneau l'agneau immolé, et sur les deux côtés on distingue, frappés également en relief, saint Pierre et saint Paul, chacun avec leurs attributs particuliers; de cette place, ils semblent couvrir de leur autorité apostolique la foi et l'intrépidité du saint et savant pontife. Sur le haut du panneau, à la place qu'occupait le Christ vainqueur, se détache une fleur de lys, et des deux côtés de l'emblème princier, paraissent la reine du ciel et la jeune vierge, sainte Alberte. L'explication de cette scène iconographique serait facile à donner, nous nous contentons de la signaler. Admirons combien ces pages d'iconographie viennent au secours de cette thèse. Avant la révélation des reliques de sainte Alberte, ces pages passaient inaperçues et n'étaient pas comprises; mais, depuis l'événement, elles inondent de clartés resplendissantes la grande personnalité de notre héroïne.

Maintenant, pour tout résumer, nous pouvons dire que tous les documents consultés apportent de bien précieux témoignages en faveur de sainte Alberte et de sa présence à Venerque. Parmi les documents cités, il y en a qui se bornent à signaler le corps de sainte Alberte dans le trésor de notre église, et, parmi ces documents, nous pouvons citer : le paroissien et le catéchisme actuel du diocèse d'Agen; l'histoire de l'abbé Barrère; l'abbé Servières, Labénazie et, à la rigueur, la *Gallia christiana*. Au contraire, une autre série de documents vont plus loin et tranchent la question d'une façon plus décisive. Les *Bollandistes*, le P. Courtade, l'abbé Rumeau, les Propres afférents à Agen, ne se contentent plus de dire : le corps de sainte Alberte est à Venerque; ils affirment mieux et précisent davantage, ils disent : « Vous cherchiez « le corps de sainte Alberte, il est avec celui de saint « Phébade; les deux corps sont dans le même reliquaire; « ils sont confondus, ils ne font qu'un : *Corpus sanctæ* « *Albertæ unâ cum reliquiis sancti Phæbadii*. » Voyez, examinez-*videte*; mais déjà nous avions vu, et c'est après avoir vu que ces précieux documents ont fortifié et consommé la conviction de notre esprit. Enfin, une dernière voix s'élève, c'est la page elle-même écrite sur le reliquaire et sur le cuivre : *Corpus sancti Phæbadii, unâ cum pignoribus sanctæ Albertæ.*

III

Votre Eminence me permettra de terminer ce travail en lui signalant les quelques dissidences qui, dans le siècle dernier, se firent jour, dans le diocèse d'Agen, autour de quelques questions historiques, telles que l'épiscopat de saint Caprais, et l'existence de quelques saints, comme sainte Quitterie, saint Maurin, saint Antoine de Lyarolles, les saints Prime et Félicien, sainte Alberte, etc., etc., et dont l'auteur principal était un certain Argenton, né en 1723, mort en 1780.

Bonne justice fut faite, à cette époque, des prétentions de ce chroniqueur; et la question était tout à fait éteinte, quand la *Société d'Agriculture, Sciences et Arts d'Agen,* par les soins de son secrétaire perpétuel, a voulu se donner le luxe de patronner les mémoires posthumes dudit Argenton, en les publiant dans le Recueil qui lui sert d'organe.

On n'est point fâché, dans la cause présente, de trouver cette dissonance; elle n'en mettra que plus en relief la question de sainte Alberte. Il est bon que, dans un concert, il y ait parfois quelque note discordante; — ce petit désordre fait ressortir davantage l'harmonie de l'ensemble.

Citons maintenant le passage d'Argenton relatif à sainte Alberte; il est extrait, comme on vient de le dire, du *Recueil précité* (t. I, 2ᵉ série, année 1860).

Parlant du Propre d'Agen, mis en ordre par M. Jabrès, prêtre de la Mission, en 1727, avec l'approbation de Mᵉʳ Hébert, évêque d'Agen, il dit : « Ce Propre est le « premier où sainte Alberte, à laquelle le P. Cortade « n'avait donné qu'un petit coin dans son ouvrage, « paraît, en qualité de vierge et martyre, sœur germaine « de sainte Foy, et dont les reliques furent transportées, « dit-il, à Benerque en Périgord, avec celles de saint « Phébade, que MM. de Thou et Théodore de Bèze font « pourtant profaner et disperser par les protestants « d'Agen, où elles étaient, disent ces auteurs contempo- « rains de ces troubles, conservées dans l'église qui lui « était dédiée. »

Nous ne pouvons féliciter la Revue d'Agen d'avoir accepté de pareilles élucubrations, encore moins son secrétaire perpétuel de les avoir couvertes de son nom, en s'en faisant l'annotateur; car, après tout, sainte Alberte n'est-elle pas une des gloires locales d'Agen ?

M. Argenton consacre tout juste huit lignes à exécuter sainte Alberte; on peut démontrer, sans effort, que ces huit lignes renferment autant d'erreurs grossières, autant d'insinuations malveillantes qu'il y a d'affirmations.

Un profond penseur disait « qu'avec quatre lignes d'un « homme, on pouvait en faire prompte et sommaire « justice »; ici, nous en avons huit : la matière est donc surabondante.

Discutons maintenant, pied à pied, M. Argenton.

D'abord, sur quoi s'appuie-t-il, pour nier l'existence de presque tous les saints de son diocèse, et, en particulier, celle de sainte Alberte, qui seule doit nous occuper?

Sur cette unique raison, c'est que « le Propre d'Agen, « dû à M. Jabrès, est le premier où sainte Alberte paraît « en qualité de vierge et martyre, et que le Propre dû à « Bilhonis, antérieur à celui-ci, n'en parle pas. »

Votre Eminence sait plus que personne que, dans notre diocèse de Toulouse, un grand nombre de saints qui, autrefois, n'avaient point d'office propre, occupent aujourd'hui une place, même distinguée, dans notre liturgie particulière. Un esprit réellement sérieux peut-il se prévaloir de ce devoir d'hospitalité liturgique, que Votre Eminence, avec ses illustres prédécesseurs, ont exercé à leur égard pour s'en faire une arme contre eux? Eh bien! c'est là la façon d'agir de M. Argenton.

Ainsi, l'omission de Bilhonis ne prouve rien. D'ailleurs, presque en même temps que le Propre de Bilhonis, paraissait la *Vie des sept saints tutélaires d'Agen*, dont nous avons déjà parlé, et le P. Cortade, témoin des traditions de son diocèse, s'empressait de signaler la jeune vierge.

Le réfractaire Argenton ne peut disconvenir du fait;

— seulement, il cherche à en éluder la force en disant que le P. Cortade « ne lui a donné qu'un petit coin dans « son ouvrage ». Et que peut prouver cela ? Est-ce que la jeune vierge a pu avoir, un seul instant, la prétention d'occuper une large place dans les fastes et annales de son pays ?... Son ambition était autre.

Et puis, que pouvait-on dire de plus sur une jeune enfant de dix à douze ans qui, montrant un héroïsme au-dessus de son âge, ne craint pas d'affirmer sa foi chrétienne, même en présence de la haine si atrocement ingénieuse du Dacien de l'époque ?

Et pour le dire en passant, le P. Cortade n'a pas été aussi sobre d'éloges qu'on le prétend. Son panégyrique est des plus concis et des plus complets : « Pour ce qui « est de sainte Alberte, dit-il, nous n'en savons qu'un « mot qui vaut un long éloge : elle était sœur germaine « de sainte Foy, et elle fut vierge et martyre. »

M. Argenton, toujours incrédule, ne veut pas admettre non plus que les reliques de sainte Alberte et de saint Phébade puissent se trouver à Venerque.

Le P. Cortade avait annoncé que « les reliques de sainte « Alberte et de saint Phébade avaient été ensemble « transférées à Venerque. Cela ne se peut pas, *réplique* « *Argenton*. Cela ne se peut point pour les reliques de « saint Phébade ; — donc, pas davantage pour celles de « sainte Alberte, puisque les deux reliques étaient « ensemble. Est-ce que, dit-il, nous ne savons pas, par « MM. de Thou et Théodore de Bèze, que les reliques de

« saint Phébade furent profanées et dispersées lors des
« troubles qui eurent lieu à Agen (en 1562), quand les
« protestants s'en emparèrent? »

Nous avons lu attentivement les passages cités des deux
auteurs protestants, et la conclusion qui ressort de cette
étude attentive, c'est qu'ils affirment le contraire de ce
qu'on leur fait dire. Le lecteur en jugera.

Que dit d'abord M. de Thou? (*Histoire universelle,*
t. III, p. 283.) Il dit ce que nous avons déjà rapporté
au commencement de ce rapport, c'est que « les protes-
« tants, ayant ouvert le tombeau de saint Phébade, y
« trouvèrent seulement la tête du saint évesque avec
« toutes ses dents ».

Que dit Théodore de Bèze? (*Histoire ecclésiastique des
Eglises réformées au royaume de France,* édition
de 1580.) Absolument les mêmes choses que M. de
Thou : « Tant il y a, dit-il, que ce sépulcre, celui de
« saint Fiari ou saint Phébade, étant ouvert à Agen, on
« n'y trouva qu'un test avec les dents, bien entier, vu
« le long espace de temps, à savoir de plus de douze
« cents ans que ledit évesque doit avoir été enseveli. »

Ainsi, soit qu'on consulte M. de Thou, soit qu'on
interroge Théodore de Bèze, un fait jaillit de ces documents : c'est qu'on ne trouva dans le tombeau de saint
Phébade que sa tête seule ; donc il appert que le corps
de saint Phébade, ne se trouvant pas là, ne put être pro-
fané ; par la même raison, les reliques — celles de son
corps — ne purent être dispersées.

Mais où se trouvaient donc le corps et les reliques de saint Phébade?

N'en déplaise à Argenton et à la Revue d'Agen, elles se trouvaient à Venerque, avec celles de sainte Alberte, comme nous l'avons établi.

Si Argenton, qui invoque si mal à propos l'autorité de Théodore de Bèze, l'avait réellement lu, il aurait appris — lui catholique — bien des choses d'un protestant; il aurait appris d'abord, pure question géographique, que Bénerque n'est pas dans le Périgord, mais tout près de Toulouse.

Mais laissons la parole à Théodore de Bèze :

« Et toutefois il y a une petite ville près de Thoulouze, « nommée Bénerque, sur la rivière de Rège, auquel lieu, « le 25 avril, jour de la fête dudit saint Fiari, les cir- « convoisins ont accoustumé, de toute antiquité, de « s'assembler en armes, de peur que ceux d'Agen ne « viennent quérir le corps du saint. »

Ces paroles ne sont-elles pas décisives contre Argenton et son école ? De deux choses l'une : ou bien Argenton n'avait pas lu Théodore de Bèze, ou il l'a falsifié à dessein. La première hypothèse étant plus charitable, on n'a pas de peine à l'accepter.

En voilà un homme, ce hardi démolisseur des saints de son diocèse, que quelques-uns de ses partisans osent élever au pinacle. Labrunie, par exemple, un de ses admirateurs, en fait le *Launoy* du diocèse d'Agen.

Labrunie ne connaissait pas sans doute ce *Launoy* (1)
du dix-septième siècle et qui n'a d'autre notoriété que
celle qu'il acquit par sa campagne contre les églises de
France, qui font remonter leur fondation aux temps
apostoliques. Cette campagne fut si mal conçue et si mal
menée, qu'elle lui mérita d'être appelé « un dénicheur de
« saints », et qu'un pape a pu dire de lui : *Impuden-
tissime mentitus est.*

Si l'on veut continuer, après cela, à appeler Argenton
le Launoy d'Agen, nous ne saurions y contredire.

Notons, dans Théodore de Bèze, une particularité
digne d'attention. Il prétend « qu'en 1562, au jour de la
« fête de saint Phébade à Venerque, le 25 avril, les cir-
« convoisins avaient accoutumé, de toute ancienneté,
« de s'assembler en armes, pour empêcher ceux d'Agen
« de venir quérir le corps du saint évesque ». Cet usage
quasi-guerrier que signale l'auteur protestant, a subsisté
à Venerque, dans des proportions moins imposantes il
est vrai, jusqu'en 1830. Les anciens du pays assurent,
en effet, qu'au 25 avril, au jour de la fête de saint
Phébade, le reliquaire contenant son corps était porté
en grande pompe à la procession qui se fait en son honneur, escorté de quatre hommes, le mousquet chargé sur
l'épaule.

Terminons ce rapport par de bien judicieuses réflexions

(1) Launoy démasqué par l'abbé Darras (*Histoire de l'Église,*
t. VI, page 407 et suivantes.

empruntées à M. Raveney (*Essai sur les Origines reli-gieuses de Bordeaux*), déjà lauréat de l'Académie de Reims pour son ouvrage sur les *Origines des Eglises de Reims, de Châlons et de Soissons* : « Rien n'est fort « comme une tradition locale, quand rien ne vient « l'infirmer, lorsqu'on ne peut en découvrir l'origine, « lorsqu'on établit la fidélité d'une église à la suivre et à « la propager. Quelle est, au contraire, la valeur des « historiens qui ont écrit dans un sens opposé à la tra-« dition? Évidemment leur autorité est nulle. En effet, « si, malgré la publicité qu'ont eue leurs écrits, les « églises ont refusé d'y croire, et si elles ont continué à « suivre leurs anciens errements, il y a là une preuve « du peu de cas qu'elles ont fait de leurs récits et de la « foi qu'elles avaient dans leurs traditions locales. « Admettra-t-on, en effet, que des évêques, s'ils avaient « la certitude que ces écrivains étaient bien informés, « auraient permis qu'on eût continué de semer et de « publier des mensonges? »

En concluant, permettez-nous, Éminence, de rappro-cher quelques-uns des événements religieux de notre époque et de nos contrées.

En 1875 et le 21 avril, on retrouve, à Conques, près de Rodez, la majeure partie des reliques de sainte Foy, perdues depuis au moins trois cents ans. Votre Éminence connaît les fêtes splendides qui furent données à Conques et à Rodez, en 1878, et où Elle prit une si grande part. En ces dernières années, c'est la tête de saint Phébade qui est retrouvée à Agen ; — le 8 avril 1884, c'est sainte Alberte, la sœur de sainte Foy, qui est retrouvée à Venerque. N'y aurait-il pas, dans cette levée, dans cette quasi-résurrection de corps saints, comme un indice, comme une promesse de la résurrection morale de notre pays ?

Puissent nos saints réaliser ce présage, ce qui serait bien consolant pour le cœur de Votre Éminence et pour les prêtres si dévoués de son cher diocèse !

Dans cette espérance, daigne Votre Éminence agréer, avec ce travail, l'expression de nos sentiments dévoués.

MELET, *prêtre.*

Venerque, le 1er août 1884.

PREMIÈRES CONCLUSIONS DU RAPPORT

CONCLUSION MORALE

Du rapport qui précède se dégage, ce nous semble, une conclusion qu'il nous plaît de signaler : c'est que tout est providentiel dans l'invention du corps de sainte Alberte. Une série d'événements, qui ne s'appelaient pas les uns les autres, sont venus, à point nommé, se grouper ensemble d'une manière si heureuse, qu'on est forcé de pousser ce cri : Mais c'est Dieu qui a fait cela !

D'abord, il fallait une raison majeure pour pouvoir être autorisé à inspecter les saintes reliques. Il y a vingt ans de cela, l'évêché d'Agen, patrie de nos saints, fit demander des reliques de saint Phébade. Son Éminence le Cardinal, obtempérant à cette demande, vint Elle-même ouvrir le reliquaire, et, par conséquent, briser et replacer les sceaux qui garantissent l'authenticité des reliques. Aujourd'hui que ce don gracieux avait été fait, quel autre motif pouvait-on invoquer pour lever de nouveau les scellés ? La Providence y a pourvu en faisant retrouver, à Agen, la tête de saint Phébade.

4

Une fois en possession de cette relique, l'autorité dio-
césaine d'Agen songea tout naturellement à la faire authentiquer, et alors elle jugea à propos d'envoyer des délé-
gués à Venerque pour s'assurer si son église, qui possédait
le corps du saint pontife, ne possédait pas son chef précieux. Sans doute, des documents de la plus haute
importance établissaient, comme nous l'avons vu, que
tandis que le corps de saint Phébade était transféré à
Venerque, sa tête précieuse avait été conservée à Agen ;
mais il parut plus prudent à l'autorité agenaise de contrôler ces documents eux-mêmes, et c'est alors que
M. l'abbé Rumeau, vicaire général, fut envoyé à Venerque.

Certainement M. l'abbé Rumeau, avec les prêtres qui
devaient l'assister dans l'inspection des saintes reliques,
suffisait amplement pour constater ou non la présence de
la tête de saint Phébade, et cela d'autant plus facilement
qu'on était persuadé que le reliquaire ne renfermait
absolument que le corps seul du saint évêque. A quoi bon
alors un homme de la science ? On sait ce qu'il advint de
la présence jugée inutile du représentant de la science :
c'est que seul il fut apte à constater que le reliquaire
contenait des débris de crâne et une grande quantité
d'ossements autres que ceux de saint Phébade et appartenant à une jeune personne : d'où cette conséquence, que
le corps de saint Phébade ne se trouvait pas seul.

Et quand le docteur Noguès, ex-professeur d'anatomie
et actuellement professeur de clinique à l'école de Tou-

louse, fut appelé à son tour à Venerque pour séparer, selon la volonté de Monseigneur, les deux corps saints reposant dans la même châsse, il conclut comme son confrère ; de plus, précisant davantage, il put déterminer l'âge de la jeune personne et assurer que ces ossements appartenaient à une enfant de dix à douze ans.

Mais quelle pouvait être cette jeune personne ? Il fallait ici des témoins autorisés pour constater ce qu'en termes de droit on appelle l'identité de cette jeune personne. Eh bien ! sur signification encore de la Providence, ces témoins accoururent à Venerque quinze jours avant l'arrivée de la commission d'Agen.

Pour les fêtes de saint Thomas, et afin de satisfaire sa dévotion pour le docteur angélique, un homme, un pieux chrétien, était arrivé à Toulouse, et, en fidèle Agenais qu'il était, il crut devoir venir aussi à Venerque pour honorer saint Phébade. L'ère des pèlerinages des fidèles Agenais à leur saint pontife saint Phébade n'était guère prospère ; c'est à peine si, dans le cours de ces dernières années, quelques directeurs du grand séminaire d'Agen étaient venus pour vénérer leur saint patron. Qu'est-ce qui nous amenait, le 7 mars, ce nouveau pèlerin, le premier dans l'ordre laïque ? Évidemment cette même impulsion divine qui agissait si ostensiblement en faveur de sainte Alberte !

Le résultat immédiat de cette visite fut que ce pèlerin d'Agen, pour nous remercier, dit-il, de l'hospitalité reçue, nous envoya, par la poste, quelques jours après,

un compendium des gloires religieuses d'Agen, c'est-à-dire un des plus vieux *Propres* d'Agen, avec les légendes afférentes à chacun des saints de ce pays. Ce livre, nous avions pu en prendre connaissance avant l'arrivée de la commission d'Agen à Venerque. Aussi, quand cette même commission constata, le 8 avril, qu'on se trouvait en présence d'ossements de jeune personne et d'ossements de saint Phébade, notre anxiété, qui fut d'abord des plus grandes, ne tarda pas à s'évanouir. En ouvrant les pages de ce livre, le 9 avril, une légion de témoins sembla se dresser devant nous : « Calme tes inquiétudes, semblèrent-ils
« me dire ; tu as trouvé dans le reliquaire des ossements
« disparates d'âge ; tu ne savais à quelle main peut-être
« imprudente attribuer cela ; tu craignais que ce mélange
« d'ossements ne portât atteinte à l'authenticité plusieurs
« fois séculaire des reliques de saint Phébade ; — réjouis-
« toi, au contraire ; tu as, devant toi, non plus seule-
« ment le corps de saint Phébade, mais encore celui de
« sainte Alberte ; c'est une nouvelle protectrice qui se
« lève pour la paroisse et la contrée entière. Lis notre
« légende, lis la contexture de cet oracle du passé ; c'est
« toute la tradition du pays d'Agen qui est là devant tes
« yeux ; c'est la tradition de tous les siècles de notre
« église ; c'est la voix d'innombrables témoins, venus de
« tous les points du diocèse, et dont la légende a con-
« densé les irrécusables témoignages. »

Cette légende fut, en effet, pour nous le foyer d'où jaillit le rayon lumineux, et nous n'eûmes pas de peine à conclure que nous avions devant nous le corps si précieux de sainte Alberte.

Cette conclusion, à la suite du rapport adressé à Son Eminence, fut acceptée par Elle. Elle fut également acceptée par M. l'archiprêtre Castillon, plus tard évêque de Dijon, précédemment curé de Venerque, et, à cause de cela, très compétent dans la question; elle le fut encore par le savant docteur Noulet et par M. l'abbé Mailhol, ex-vicaire général de Pamiers, tous deux originaires de Venerque et connaissant parfaitement la tradition de la paroisse.

Plus tard, ce travail fut soumis à M. l'abbé Servières, curé de Ville-Comtal, dans l'Aveyron, l'auteur de la *Vie de sainte Foy,* et, à la date du 22 septembre 1884, cet auteur érudit avait l'obligeance d'écrire qu'il trouvait ce travail « tout à fait consciencieux et absolument con- « cluant ». Il en était de même de M. l'abbé Rumeau, vicaire général d'Agen.

Ainsi la cause de sainte Alberte était gagnée devant ce que j'appellerai ses juges naturels. A Rodez, comme à Agen, comme à Toulouse, on acceptait nos conclusions.

Résumons-nous :

1º Que serait-il advenu si le chef de saint Phébade n'eût pas été découvert à Agen? L'enquête dont nous avons parlé n'eût pas eu lieu, le coffret précieux n'eût point été ouvert, et sainte Alberte demeurait ignorée;

2º Que serait-il arrivé, en second lieu, si un représentant de la science n'eût accompagné M. l'abbé Rumeau ? Des débris de crâne eussent été vus, ainsi qu'une multitude d'ossements, mais personne n'eût été apte à spécifier ces ossements ; donc encore, sans la présence réputée inutile du docteur de Gauléjac, sainte Alberte restait dans l'ombre ;

3° En troisième lieu, sans le pèlerinage du chrétien d'Agen et sans l'apport du livre précieux dont il se défit si débonnairement en faveur de l'église de Venerque et qui suscita cette levée de témoins dont il a été question, la mémoire de sainte Alberte restait ensevelie dans le reliquaire, avec ses précieuses dépouilles ;

4° Enfin, si ce livre précieux n'était arrivé à l'heure opportune et que personne n'en eût pris connaissance, jamais sainte Alberte n'eût été proposée à la vénération des fidèles.

Ainsi, des quatre circonstances énumérées, toutes étaient nécessaires et devaient concourir à révéler la présence de sainte Alberte : une seule aurait manqué, et le grand événement ne se produisait pas.

On pourra dire, et on a dit déjà : c'est le hasard qui a voulu cela. D'après le bon sens, le hasard est et sera toujours un mot vide d'idées, à moins qu'on ne traduise le mot hasard par cette définition exacte, moderne et chrétienne : c'est que le hasard est toujours l'*incognito* de la Providence.

Non, si l'on veut, il n'y a pas de miracle dans l'invention du corps de sainte Alberte. Le miracle, dans l'acception théologique du mot, est une dérogation aux lois de la nature, ou, pour nous servir d'expressions plus obvies, le miracle est l'épanouissement de la puissance de Dieu à sa plus haute puissance; c'est l'entrée en scène éclatante de Dieu : Dieu agissant à découvert. Ici, dans notre cas, Dieu n'agit pas solennellement; il agit, mais d'une manière cachée; il garde, comme on l'a si bien dit, l'*incognito;* mais les causes secondes qu'il fait mouvoir et qu'il groupe successivement pour les besoins de la cause, ne permettent pas au plus indifférent de retenir ce cri : *Le doigt de Dieu est là.*

SECONDES CONCLUSIONS DU RAPPORT

CONCLUSIONS PRATIQUES

ÉMINENCE,

Le travail qui vient d'être soumis à Votre Éminence, est le fruit de certaines recherches. Puisse, Votre Éminence l'agréer, et prendre en considération les conclusions pratiques suivantes :

1º Il semblerait bon, et nous soumettons ce désir à Votre Éminence, que les reliques de sainte Alberte fussent, dans la mesure du possible, séparées de celles de saint Phébade, et renfermées dans un reliquaire distinct. C'est un de vos prêtres (1) méritants qui nous a suggéré cette pensée, la motivant sur cette raison que « l'action « providentielle ayant tout fait pour l'invention du corps « de sainte Alberte, cela semblerait indiquer que Dieu « exigerait un culte particulier pour la jeune sainte. Or, « comment ce but serait-il atteint, si on ne séparait pas « les reliques » ?

(1) M. l'abbé Bénozet, aumônier du Saint-Nom-de-Jésus.

2° En second lieu, un de vos dignes vicaires généraux (1), apprenant de nous l'invention du corps de sainte Alberte, nous suggérait une autre pensée tout à fait heureuse : « Puisque vous possédez le corps de sainte Alberte, nous « disait-il, et que le corps de sa sainte sœur, la glorieuse « sainte Foy, est à Conques, dans l'Aveyron, pourquoi ne « chercheriez-vous pas, par un échange mutuel de reli- « ques avec Conques, à réunir les deux sœurs que les « malheurs des temps ont tenu si longtemps éloignées « l'une de l'autre? »

Cette idée, comme nous venons de le dire, nous parut d'abord tout à fait heureuse; aujourd'hui nous lui trou- vons une portée des plus grandes et qui n'était nullement soupçonnée : réunir les deux sœurs qui, vivant sous le même toit, cueillirent le même jour et à la même heure la double couronne de la virginité et du martyre; après plusieurs siècles de séparation, associer leurs ossements pour les faire participer à un culte et à des honneurs communs, les faire tressaillir d'aise de se trouver encore ensemble; — toutes ces considérations réunies nous imposent le devoir de soumettre cette question à Votre Éminence, la laissant juge de la trancher comme Elle le jugera opportun.

3° Par lettre du 12 mai, adressée à Votre Éminence, nous avions l'honneur de lui faire part d'une autre importante découverte. Nous trouvâmes dans le reli-

(1) M. l'abbé Deneausse, vicaire général.

quaire de saint Phébade des ossements religieusement enveloppés de saint Cyr et de saint Tiburce, sous la signature de M. Lasteules, curé de Venerque, en 1725.

Ces reliques peuvent-elles être authentiquées? On croit pouvoir répondre affirmativement. Ne sont-elles pas couvertes de la signature d'un prêtre des plus pieux, et dont le souvenir, après plus d'un siècle, est encore vivant dans la paroisse?

De plus, nous estimons que cette authenticité doit s'étendre aux reliques ou ossements de saint Cyr et de sainte Julitte sa mère, conservées, dans leurs bustes respectifs, à la sacristie. Elles sont là, de temps immémorial; toute la population a un culte particulier pour ces ossements. Nous avons entendu, nous-mêmes, des personnes qui, entrant à la sacristie et avisant nos bustes, s'écriaient spontanément : *Voilà notre Julitte.*

M. l'abbé Maleterre, originaire de Venerque, curé autrefois de la paroisse de Saint-Paul, à Auterive, où son souvenir de bon prêtre est encore vivant, ne manquait pas, chaque année, au jour de la fête de ces saints, de venir à Venerque, par dévotion, dire la messe en leur honneur.

Sans doute, à défaut de preuves suffisantes, ces reliques ne purent être authentiquées; mais nous pensons que cet ostracisme canonique dont elles furent, il y a quelques années, prudemment frappées doit cesser. Les reliques de saint Cyr, trouvées dans le reliquaire de saint Phébade et de sainte Alberte, prouvent suffisamment qu'elles forment un tout indivisible avec celles de la sacristie, et que l'authenticité accordée aux unes peut être étendue aux autres.

4° En quatrième lieu, il nous semblerait juste qu'une certaine solennité fût donnée à la translation des reliques de sainte Alberte; mais que sont les plus belles solennités privées de la présence de leur Évêque? Quel éclat, au contraire, n'obtiennent-elles pas quand elles peuvent être présidées par un Prince de l'Église?

Ce sont les grands spectacles qui élèvent les âmes; et, dans un siècle où l'on travaille tant à les abaisser, il est bon de montrer aux peuples ce que la religion peut faire dans ce travail réparateur.

Il y a bientôt huit ans, Votre Éminence assistait aux fêtes données, en l'honneur de sainte Foy, à Conques et à Rodez. Ces fêtes splendides durèrent huit jours. Pourquoi ne pourrait-on pas consacrer un jour à glorifier sa sainte sœur?

Nous osons déposer ces vœux, qui ont l'assentiment de la contrée, dans le cœur de Votre Éminence, Lui laissant le soin de fixer le temps, le jour et l'heure de cette solennité, et nous inclinant d'avance devant la décision qui sera prise.

Daigne Votre Éminence agréer, etc.

FÊTES DE SAINTE ALBERTE

I

AVANT LA FÊTE

Le présent rapport étant approuvé par Son Éminence le Cardinal, restait à fixer par Elle le jour de la solennité de l'invention des saintes reliques. A cause du Congrès eucharistique, qui devait se tenir à Toulouse au mois de septembre, et qui fut ensuite ajourné par les craintes inspirées par le choléra, les fêtes furent ajournées au mois d'octobre. Le jour fixé par Son Éminence fut d'abord le 8 octobre; mais, empêchée encore de venir ce jour-là, Son Éminence donna définitivement la date du 21 du même mois.

Si on avait dit alors à Son Éminence, comme on s'en aperçut deux mois après les fêtes, que c'était le 21 octobre que s'étaient faites, à Conques, les belles solennités de l'invention du corps de sainte Foy, et que c'était encore au 21 octobre, sept ans après, qu'allaient se célébrer les fêtes de l'invention du corps de sa sainte sœur, la jeune Alberte, cette coïncidence non recherchée aurait flatté son cœur. Nous, nous aimons à voir, dans cette coïncidence heureuse, une attention encore toute particulière de la divine Providence. Tout avait été si providentiel dans l'invention de ce corps si précieux, qu'on n'est nullement étonné que Dieu se soit entremis dans le choix du mois, du jour et de l'heure de cette bienheureuse fête. Espérons que la Providence, qui tend à glorifier ses saints, n'aura point dit son dernier mot et que quelque surprise heureuse, plus grande encore et plus éclatante que les autres, viendra fixer les yeux du monde catholique sur la sainte héroïne. On doit s'attendre à tout de la part de Celui qui mène les événements de ce monde.

Le jour de la fête demeurant fixé, il fallait séparer le corps de sainte Alberte de celui de saint Phébade. Un homme de la science pouvait seul mener à bonne fin cette opération délicate. Le docteur Noguès, le savant professeur de clinique de l'école de Toulouse, fut désigné à cet effet par Son Éminence. Le 13 octobre, quelques jours avant la fête, le docteur arriva à Venerque. M. le curé de la paroisse, assisté de M. le chanoine Mailhol, l'attendait au presbytère. Inspection fut faite des saintes reliques, et l'homme de la science, d'accord en cela avec M. le docteur de Gauléjac, confirma que « le reliquaire de « Venerque contenait en quantités à peu près égales des « ossements ou fragments d'ossements appartenant à

« deux sujets d'âge différents ». Il réussit à en séparer une quantité notable et s'attacha ensuite à les désigner chacun par son nom. (Voir plus bas le rapport du docteur-médecin.)

A la question d'un des témoins demandant au docteur s'il pouvait déterminer l'âge de la jeune personne, le savant docteur répondit que « les données de la science « lui permettáient d'affirmer qu'elle pouvait avoir de dix « à douze ans ».

La science était encore d'accord ici avec l'histoire, qui donne de dix à douze ans à la jeune Alberte.

Procès-verbal fut immédiatement dressé du tout — dûment signé par le docteur Nogués et les témoins sus-mentionnés — et copie en fut envoyée aux archives de l'Archevêché.

Après cela, quatre sachets de soie à ce disposé reçurent les saintes reliques.

Le jour de la fête demeurant fixé au 21 octobre, il fallait tout disposer pour une belle solennité ; et c'est ce qui eut lieu. Mais la solennité fut plus que belle, elle fut des plus grandioses et des plus émouvantes. Déjà, dès le 22 septembre, sainte Foy, pour fêter sa jeune sœur, était arrivée des premières à Venerque, car ce même jour Mgr Bourret, évêque de Rodez, obtempérant à notre humble demande, nous avait envoyé une relique *notable* de sa grande thaumaturge.

Plus on approchait de la fête, plus on sentait qu'elle prenait des proportions inespérées.

Trois évêques avaient été invités à assister aux fêtes de sainte Alberte, et les trois prélats daignèrent répondre à cette invitation.

Le prédicateur était naturellement désigné : ce ne pouvait être que M. le grand vicaire d'Agen. Choisi pour faire l'éloge de la jeune sainte, il crut ne pouvoir séparer cet éloge de celui de sa sœur et de saint Phébade, et sa parole, à la fois éloquente et instructive, fut digne de l'auditoire d'élite qui se pressait autour de la chaire ; son patriotisme et sa foi élevèrent et honorèrent la grande solennité.

Sur l'invitation de Son Eminence, un programme fut dressé pour régler l'ordre des cérémonies. Le dimanche 19 octobre, M. l'abbé Goudal, ancien curé de Venerque et curé doyen de Cazères, voulut bien présider les offices du premier jour du *triduum ;* — le lundi 20, ce fut M. l'archiprêtre Castillon, et plus tard évêque de Dijon, qui, en sa qualité encore d'ancien curé de Venerque, daigna présider les offices de ce jour.

Ce jour-là même, vers les quatre heures du soir, arrivèrent Son Éminence Mgr le cardinal Desprez, archevêque de Toulouse, et Sa Grandeur Mgr Fonteneau, évêque d'Agen, archevêque nommé d'Albi. Un clergé nombreux attendait les prélats dans l'église; — c'est là qu'ils se rendirent pour honorer les saintes reliques, déposées, comme il a été dit, dans des sachets de soie, disposés eux-mêmes dans une corbeille de fleurs élégamment décorée.

Après s'être agenouillée quelques instants, Son Éminence se leva pour bénir, d'après le pontifical romain, les deux nouvelles châsses qui devaient recevoir les corps saints : une en cuivre fondu et doré pour recevoir le corps de sainte Alberte, et l'autre en bois sculpté et doré pour recevoir les ossements de saint Cyr et de saint Tiburce.

Enfin, les quatre sachets de soie avec leurs reliques respectives, et dont il sera ultérieurement parlé (voir plus bas le rapport fait sur la reconnaissance des reliques, par Son Éminence Mgr le Cardinal) furent placés dans les reliquaires qui les attendaient.

Et maintenant, pour raconter la belle fête du 21 octobre, nous allons laisser la parole à l'éminent directeur de la *Semaine catholique* de Toulouse, qui nous avait fait l'honneur d'assister à ces cérémonies.

II

LA FÊTE

Le souvenir de la fête que la paroisse de Venerque a célébrée le mardi 21 octobre, mérite d'être fixé dans les annales du diocèse.

Nous aurions voulu pouvoir photographier cette journée tout entière; elle était digne du splendide soleil qui l'éclairait, et aucune ombre ne se trouverait dans le tableau.

Dès le matin, par tous les trains, par toutes les voies, les pèlerins et les curieux arrivaient de la ville et des campagnes ; la population s'est portée à plus de trois mille âmes, d'après les évaluations modérées. Les trois prélats annoncés étaient rendus dès la veille, et recevaient, chez Mᵐᵉ de Ginisty, au château de Rivel, une large hospitalité.

L'église, monument historique, était pompeusement parée ; les rues de la petite ville avaient été ornées de fleurs, de branchages verdoyants et d'arcs de triomphe. La joie s'épanouissait sur la façade des maisons comme sur le front des habitants.

Après la messe de communion, dite par Son Eminence, l'office pontifical a été chanté par Mᵍʳ l'évêque d'Agen, archevêque nommé d'Albi. Son trône était dressé en face de celui du vénéré cardinal. Monseigneur de Pamiers assistait également, dans le sanctuaire, au milieu d'au moins quarante prêtres, parmi lesquels on distinguait, avec trois anciens curés de Venerque, MM. les vicaires généraux Mailhol et de Séré ; MM. les archiprêtres de Saint-Etienne et de Muret ; MM. les chanoines d'Aguin, Dorbes et Moulins ; MM. les doyens d'Auterive, de Saint-Sernin, de Cintegabelle et de Cazères, etc., etc.

Le lutrin, fortement composé, était accompagné par M. Sévérac, l'habile organiste de Mirémont ; M. de Bonnefoy est venu y ajouter, pour les motets, le gracieux appoint de sa belle voix.

L'éclat le plus brillant était pour le soir. Les rangs de la foule et du clergé s'étaient encore considérablement grossis depuis le matin. Les pavillons et les reliquaires étincelaient dans les nefs latérales de l'édifice; une brillante illumination dessinait l'architecture savante et pure du sanctuaire.

Tous les grands spectacles appellent une parole : c'est celle de M. l'abbé Rumeau qui devait interpréter celui-ci. Durant près d'une heure, le jeune vicaire général d'Agen a développé les leçons que nous donnent les saints héros de ce beau jour. Vierges et martyres, sainte Foy et sainte Alberte sa sœur, nous prêchent le courage et la pureté; confesseur de la doctrine catholique, saint Phébade nous enseigne la fermeté dans la foi. C'est ainsi que peut être relevée la triple défaillance de notre siècle : dans les mœurs, dans les caractères, dans les croyances.

La ferme simplicité du style, l'abondance du raisonnement et des faits de l'histoire, l'actualité des applications, l'accent convaincu de l'orateur et la distinction modeste de sa personne, tout concourait à l'effet pratique de ce discours, qui portera des fruits parce qu'il a été compris et senti de tous.

Une procession, longue et imposante, s'est ensuite déroulée au dehors; elle a parcouru les divers quartiers et a fait station au tertre de Montfrouzy, devant un reposoir admirablement formé de mousse et de fleurs entremêlées en charmants dessins.

Sur le passage, des milliers de fronts s'étaient inclinés

sous la main bénissante des prélats. Au tertre de Montfrouzy, sur l'initiative de Son Eminence, les trois prélats,
mître en tête et crosse en main, sous les rayons d'un
soleil couchant qui faisait étinceler leurs ornements d'or,
firent une légère station ; et là, devant une multitude
immense, couvrant de ses rangs pressés les routes et les
champs voisins, ils donnèrent une bénédiction générale.
Rien d'émouvant comme cette triple bénédiction épiscopale. Dans le lointain se dessinait la riante plaine de
l'Ariège, avec ses nombreux villages et ses clochers élan-
cés ; sous les pieds des prélats apparaissait le champ des
tombeaux, et on se plaisait à répéter que vivants et morts,
tous bénéficiaient de cette multiple bénédiction.

Durant tout le parcours de la procession, une musique,
parfaitement dirigée et bien nourrie, avait animé la
marche du cortège.

Dans l'église, le salut final a été un digne couronnement de la solennité. Nous étions saisis en entendant le
peuple entier chantant les hymnes liturgiques et une
cantate des plus entraînantes : *Dieu le veut ! Dieu le
veut !* qu'on sait être l'œuvre de M. l'abbé Granadel.

Tous ceux qui ont goûté ces émotions douces et fortes
doivent de la reconnaissance à M. l'abbé Melet, curé de
Venerque, l'intelligent et infatigable ouvrier de cette
mémorable fête. Il a tout préparé, tout prévu, tout orga-
nisé, avec une sagesse et une ampleur qui étaient
vraiment dignes de son plein succès. Honneur à lui et
aux Venerquois !

III

APRÈS LA FÊTE

On vient de voir comment furent splendides les fêtes de sainte Alberte; personne ne s'attendait à une aussi éclatante manifestation de piété. Même les indifférents furent subjugués par ce spectacle si beau donné à la terre et au ciel. La *Semaine catholique* avait été presque la seule à annoncer ces fêtes; on remarqua que la presse au rabais, et qui est la plus répandue, n'avait pas même reproduit les entrefilets de la *Semaine* religieuse. En revanche, la presse radicale, celle qui bat monnaie sur le dos des niais, avec ses articles saugrenus et anticléricaux, osait s'étonner, en vertu de ses principes libérâtres, que « l'autorité civile n'empêchât pas Venerque de donner « des spectacles aussi malsains ». Et, malgré ce silence d'un côté, et les coups de griffe inoffensifs de l'autre, Venerque, ce jour-là, se surpassa; il n'y eut place que pour l'admiration.

Qui fut penaud à cette occasion? C'est le diable. Dans toute démonstration religieuse, il est rare qu'il ne cherche à donner sa note: c'est ce qui advint dans la circonstance présente. Le diable, ou son avocat, intervint à son moment; seulement, à voir l'article ruisselant d'inepties qu'il fit insérer dans deux ou trois feuilles à la solde de la pire démagogie, on vit bien que le diable, ce jour-là, avait trop trempé dans le bénitier ses ailes de chauve-souris, et que la douche bienfaisante de cette eau lustrale lui avait fait perdre ses esprits et son esprit.

On dut s'estimer heureux, pour le dire en passant, de ne pas avoir eu recours à la publicité pour annoncer la fête, car des masses trop compactes de populations se seraient, ce jour-là, ruées sur Venerque. Ce qui le prouve, c'est encore la manifestation qui se produisit à Venerque le 23, deux jours après la fête du 21. Ce jour-là était jour de foire dans cette localité. Sur les neuf heures du matin, M. le curé, cédant aux instances pieuses qui lui furent faites, exposa les reliques de sainte Alberte, et, durant toute la journée, l'église ne désemplit pas. Constamment, de neuf heures du matin jusqu'à quatre heures du soir, on vit de quarante à cinquante personnes, hommes, femmes et enfants, se relayant sans cesse, se tenir à genoux autour du reliquaire, et baiser dévotement les saintes reliques. Et tous, en se retirant, ne manifestaient que le regret de n'avoir pu assister à ces fêtes, parce qu'ils n'avaient pas été instruits du jour où elles s'étaient célébrées.

Huit jours après, le 30 octobre, Auterive, qui avait envoyé la majeure partie de sa population aux fêtes du 21, inaugura le premier des pèlerinages à sainte Alberte. Cette population pieuse croyait devoir encore quelque chose à la sainte, et alors, pour satisfaire pleinement les exigences d'une piété qu'on sait être légendaire dans cette localité, elle voulut être la première à honorer l'héroïne d'Agen, et à l'honorer seule, loin du bruit des foules, comme pour la posséder tout entière. Il est juste d'ajouter, pour n'omettre aucun détail intéressant, que le dimanche avant, M. l'abbé Belhomme, curé-doyen de cette paroisse, avait eu la délicatesse d'investir la jeune Alberte de la lieutenance générale de ses congrégations à Marie et de ses écoles libres et chrétiennes, qu'il a eu le bonheur et la sagacité de fonder.

D'accord avec son intelligent confrère de la Magdeleine, M. l'abbé Valette, ils se décidèrent à amener à sainte Alberte leurs jeunes enfants et l'élite de leurs populations.

La journée du 30 s'annonça par un soleil radieux. Rien ne fut plus touchant que le départ de ces petits enfants pour le pèlerinage. Sur pied à cinq heures du matin, devançant ainsi les lueurs naissantes de l'aube, ils se mirent en marche, sous la conduite des Frères et des Sœurs et sous la haute direction du vaillant vicaire de Saint-Paul, M. l'abbé Duilhé. A 8 heures, ils arrivaient à Venerque, apportant avec eux, marqués en caractères saillants, une bonne tenue, une grande sagesse, de la piété, et, ce qui est l'efflorescence de la piété, une bonne provision de recueillement. Et pour surcroît, ce qu'ils n'oublièrent pas, c'étaient surtout leurs voix sonores et bruyantes. Bien longtemps avant leur arrivée, il y avait bonheur à entendre ces voix perçantes frapper tous les échos d'alentour. A neuf heures, ils entendaient la messe.

Comme ils prièrent sainte Alberte! Puisse cette jeune vierge et martyre leur conserver toujours beaucoup de sagesse, et combler ainsi les vœux les plus chers des bons curés de Saint-Paul et de la Magdeleine!

Et Auterive ne se borna pas à cette démonstration pieuse. Quelques jours après, le P. Delmas alla prêcher, avec son succès habituel, une retraite aux congréganistes, placée sous la protection de sainte Alberte; et quand arriva la clôture de cette retraite, qui fut des plus solennelles, la population qui avait été convoquée à cette clôture se leva tout entière pour vénérer la jeune sainte.

La fête de sainte Alberte, au 11 mars, fut encore dignement célébrée à Auterive. Enfin, pour que rien ne manque au culte de sainte Alberte, sur le frontispice d'une de ses maisons d'école on peut lire : *École de Sainte-Alberte.*

Gloire à cette pieuse population. Que sainte Alberte lui rende en bénédictions ce qu'elle sait lui rendre en honneurs!

Et le culte de sainte Alberte se propage et s'étend chaque jour davantage.

Par une attention qui a été remarquée, on voyait, deux jours après nos fêtes, notre vénéré Cardinal consacrer, à Toulouse, l'autel du Sacré-Cœur dans l'église de Saint-Pierre, et placer au tombeau dudit autel des reliques de sainte Alberte avec celles de son saint patron, saint Félix. Qui n'aimerait à voir, dans cette association préméditée des deux chères reliques se reposant sous le rayonnement du Cœur de Jésus, un hommage de piété et de déférence pour la jeune héroïne, et qui, venant de si haut, ne manquera pas de porter bonheur au culte de la jeune vierge!

Ajoutons que Saint-Pierre, de Toulouse, paraissait prédestiné à recevoir les prémices de sainte Alberte. C'est sous la garde de saint Pierre, patron de Venerque, qu'était placé le corps de la sainte. Rien ne pouvait être plus opportun que de voir Saint-Pierre de Venerque faire bénéficier Saint-Pierre de Toulouse de son cher trésor.

Et avec Saint-Pierre de Toulouse, toujours sur l'initiative de Son Éminence, l'insigne basilique de Saint-Sernin a ouvert toutes grandes les portes de son immense et opulent reliquaire pour accueillir sainte Alberte; et, comme don de joyeux avènement, M. le doyen de la basilique a mis la glorieuse héroïne à la tête des caté-chismes de sa paroisse et l'a sacrée reine de cette portion juvénile de son troupeau.

Et en cela, M. le doyen de Saint-Sernin n'a fait que poser les conclusions de ses principes élevés. Il est convaincu que « sainte Alberte se lève à l'heure voulue « par Dieu. Dans un temps où tout provoque les enfants « à l'apostasie, sainte Alberte, dit-il, est visiblement « suscitée par la Providence pour montrer aux parents « et aux enfants qu'à cet âge délicat et tendre rien « n'est beau, rien n'est grand que de savoir affirmer sa « foi, fallût-il la sceller de son sang. »

Et le 12 mars, pour fêter encore sainte Alberte, celui qui serait entré sous les voûtes de l'antique basilique aurait vu, à travers les nefs grandioses de cet édifice, se dérouler une immense et imposante procession. C'était un millier d'enfants, toute une légion, avec ses cadres et ses rangs pressés, qui, pour clôturer dignement une retraite qui venait de leur être prêchée, portaient triomphalement les reliques de notre glorieuse et jeune sainte. A Venerque, on choisit le jour de fête de sainte Alberte pour la première communion des enfants. Dans ce sanctuaire, choisi par l'héroïne d'Agen, il avait paru tout à fait opportun de faire hommage à la jeune sainte de ce premier jour du ciel passé sur la terre, de ce baiser eucharistique qui est le premier que Dieu, en se penchant du haut du ciel, donne à sa créature, et qui vaut à lui seul cet anneau nuptial que Dieu, dans une expansion de suprême amour, passa aux doigts de sainte Catherine d'Alexandrie, comme de sainte Catherine de Sienne.

Les enfants se trouvèrent heureux du choix de ce jour ; et on doit ajouter que les parents avaient quelque droit à cet honneur, car, disons-le à la louange de ce qu'il y a de pieux dans cette paroisse, depuis les fêtes de sainte Alberte, la confiance en cette chère sainte a pris des proportions si larges que, jusqu'au moment où l'on trace ces lignes, plus de quatre-vingts neuvaines ont été faites en son honneur. Il n'est pas rare de voir deux et trois lampes brûler constamment devant ses reliques, et cela non sans quelques succès pour les personnes qui invoquent la jeune et sainte enfant. Et pendant que notre diocèse honore sainte Alberte, NN. SS. les évêques d'Agen, de Rodez et de Pamiers, qui ont tenu à grand honneur de recevoir une petite relique de la sainte, propagent son culte dans leurs diocèses. Il n'est pas jusqu'au diocèse de Paris qui n'ait voulu l'honorer. Saint-Sulpice, de Paris, par la voix du directeur de ses catéchismes, qui sont les plus renommés du monde catholique, et qui comptent plus de six cents jeunes filles, a déjà préposé à la garde et à la vénération de cette jeune génération la petite et si glorieuse sainte Alberte. Au 11 mars, jour de sa fête, elle fut grandement honorée à Paris.

Espérons que du centre et de la capitale de la France, dont elle a déjà pris possession, son action salutaire s'étendra au loin, pour le plus grand bien de notre commune patrie.

Au moment où nous écrivons ces lignes, des reliques de sainte Alberte nous sont demandées pour la Belgique. C'est Mlle de Lapasse, qui en religion s'est parée du nom de notre jeune sainte, qui désire propager son culte dans cette catholique contrée. Nous nous déclarons tout à fait heureux d'avoir fait droit à cette demande.

Au 31 juillet, Son Eminence daignait nous demander de faire un sacrifice à sainte Alberte, et d'accepter le poste et la cure de Saint-Michel-Ferrery (Lardenne). L'obéissance que nous avions jurée au jour de notre ordination nous a fait obtempérer à cette demande. Puisse sainte Alberte recueillir les fruits de ce sacrifice. Au jour de notre installation, nous nous sommes fait un devoir de préconiser le culte de la jeune sainte. Plus tard, dans notre visite à nos nouveaux et chers paroissiens, une image de la sainte a été distribuée dans toutes les familles, et il m'est doux d'ajouter que partout elle a été fièrement accueillie; accueillie par la colonie toulousaine, actuellement en villégiature dans cette belle contrée; accueillie avec le même bonheur par la population sédentaire.

Et ce qui prouve comment on s'est trouvé heureux d'accueillir la jeune héroïne, c'est que des enfants, au baptême, ont été déjà décorés du nom de sainte Alberte.

J'ai annoncé que la relique précieuse que je tenais de la munificence de Son Eminence appartenait à Lardenne. Cette communication a été acceptée avec l'enthousiasme de la piété, et, avant peu, Lardenne aura la gloire d'être la première paroisse, dans le diocèse, qui élèvera une chapelle (1) à la sainte. Cet hommage lui portera bonheur, car déjà l'invocation seule à la sainte n'a pas été sans succès.

(1) Les offrandes pour la décoration de cette chapelle doivent être adressées à M. le curé de Lardenne.

RAPPORT

Sur la séparation des reliques de sainte Alberte d'avec celles de saint Phébade.

L'an mil huit cent quatre-vingt-quatre et le treize du mois d'octobre, le docteur Noguès, professeur de clinique à l'école de médecine de Toulouse, délégué par Son Éminence Mgr le Cardinal Desprez pour vérifier et séparer les pieux ossements de saint Phébade d'avec ceux de sainte Alberte, confondus dans la même châsse, s'est présenté à Venerque.

M. l'abbé Melet, curé de la paroisse, délégué par Son Éminence pour ouvrir le sachet de soie renfermant les saintes reliques, s'est fait assister de M. l'abbé Mailhol, ex-vicaire général de Pamiers, et, en sa présence et en la présence de M. le docteur, a déposé les pieux ossements sur une tablette disposée à cet effet.

Alors a commencé l'étude des précieux ossements. Ces ossements ou fragments d'ossements ont été trouvés en très grand nombre. Après une très sérieuse inspection,

M. le docteur constata que les ossements qu'il avait sous les yeux appartenaient, d'après lui et d'après les données de la science, à deux personnes d'âge considérablement différent. Il en sépara un grand nombre et, cette séparation faite, il les spécifia de la manière suivante.

Comme appartenant à une jeune personne, il désigna : une portion du sphénoïde, la portion d'un temporal, des fragments des orbites, la portion inférieure d'un orbite, l'os de la pommette gauche, la moitié droite du maxillaire inférieur, plusieurs fragments d'humérus, une portion inférieure de l'humérus gauche, des portions de côtes, portion ischiatique de l'os des iles droit, le coudyle droit (fémur), la rotule, tibia droit (extrémité inférieure), l'astragale gauche, os du métatarse, et quantité d'autres ossements.

Comme appartenant à une personne âgée, l'homme de la science dénomma : des fragments notables d'humérus, des portions du fémur, l'os du tarse, la dernière phalange de l'orteil droit, et, sans doute, comme nous ayant été donnés par Agen, renfermés qu'ils étaient dans une petite gaine en cuir : de petits ossements du crâne de saint Phébade, etc., etc.

Le temps n'ayant pas permis de poursuivre cette étude et de cataloguer un plus grand nombre d'ossements ou de débris d'ossements, le savant docteur s'arrêta là de son dénombrement.

Le docteur conclut qu'en présence des résultats acquis, il pouvait affirmer qu'il tenait sous la main assez d'ossements essentiels pour certifier et déclarer, au nom de la science, que le reliquaire de Venerque possédait deux corps distincts : l'un de jeune personne, l'autre de personne âgée. L'âge de la jeune personne, ajouta-t-il, peut varier entre dix et douze ans.

Le temps n'ayant pas permis de classer d'autres ossements, on s'arrêta là. Les ossements de saint Phébade, énumérés plus haut, furent renfermés dans un sachet de soie blanche ; de même pour les ossements de sainte Alberte. Pour l'autre quantité considérable d'ossements confondus, appartenant aux deux corps saints, ils ont été renfermés dans l'ancien sachet de soie verte sous cette rubrique : *Ossements mêlés de saint Phébade et de sainte Alberte.*

Lecture ayant été donnée de ce rapport, la teneur en a été signée par le docteur et les témoins assignés.

Et ont signé :

Docteur NOGUÈS,
L'abbé MAILHOL,
P. MELET, *curé de Venerque.*

Venerque, le 13 octobre 1884.

RAPPORT

Sur la visite de Son Éminence Mgr le Cardinal Desprez, archevêque de Toulouse, à Venerque, et sur l'authenticité donnée aux reliques de sainte Alberte, sainte Foy, saint Phébade et les saints martyrs Cyr et Tiburce.

———

L'an mil huit cent quatre-vingt-quatre et le vingt octobre, Son Éminence Mgr le Cardinal Desprez, archevêque de Toulouse, accompagné de Sa Grandeur Mgr Fonteneau, évêque d'Agen et archevêque nommé d'Albi, est arrivé à Venerque à quatre heures du soir.

Immédiatement NN. SS. les évêques se sont rendus à l'église, et, après avoir adoré le Saint-Sacrement, Son Éminence le Cardinal s'est approchée des reliquaires destinés à recevoir les précieuses dépouilles de nos saints.

Quatre sachets de soie, dont trois de soie blanche et un de soie verte, avaient été déposés dans une corbeille élégamment décorée.

Le premier sachet, en soie blanche, avec cette indication en lettres d'or : *Corpus sancti Phæbadii, episcopi Aginnensis,* contenait les ossements principaux du saint évêque.

Le deuxième, également en soie blanche, avec cette inscription en lettres d'or : *Corpus sanctæ Albertæ, V. et M., Aginnensis,* renfermait les principaux ossements de sainte Alberte.

Le troisième sachet, en soie blanche également, avec cette indication : *Ex ossibus sanctorum Cyricii et Tiburtii,* renfermait quelques ossements desdits saints.

Enfin le quatrième, en soie verte, renfermait les ossements communs ou confondus de saint Phébade et de sainte Alberte, que le temps n'avait pas permis au docteur de séparer, avec cette inscription, sur papier ordinaire : *Ex ossibus sancti Phæbadii et sanctæ Albertæ, de sacco serico, in quo permixta eorum corpora unâ servabantur, extractis.*

Après avoir béni, d'après les prières du Pontifical, les nouveaux reliquaires, Son Éminence a apposé, à l'aide de cire rouge, sur les sachets de soie déjà indiqués, ses armes cardinalices, renouvelant et garantissant ainsi leur authenticité. Restait une autre opération ou formalité à remplir : c'était, une fois les saintes reliques déposées dans les reliquaires, d'apposer de nouveau le sceau de Son Éminence au croisement des doubles rubans, rouges ou blancs, selon la qualité et la dignité des saints, qui devaient couvrir les reliquaires ; mais les deux reliquaires de sainte Alberte et des saints Cyr et Tiburce n'étant pas trouvés suffisamment protégés par leur armature en cristal, bien que le droit canonique n'exige pas d'autre armature, *munita cristallo*, force a été de surseoir à cette opération définitive jusqu'à l'entier achèvement de deux coffrets en acajou, hermétiquement fermés et protégés par une serrure, et qui seront renfermés dans les deux précédents reliquaires sus-indiqués.

Ces formalités furent remplies par M. le chanoine Moulins, secrétaire de l'archevêché, à ce délégué par Son Éminence, à la date du 15 novembre 1884.

En foi de ce,

Et ont signé :

MOULINS, *chanoine honoraire.*
P. MELET, *curé.*

Venerque, le 15 novembre 1884.

SECONDE PARTIE

TRÉSOR DE L'ÉGLISE DE VENERQUE

L'église de Venerque possède de belles reliques. On aime à compter parmi elles : le corps entier de sainte Alberte, et, à l'exception de la tête, le corps entier de saint Phébade, évêque.

Avant d'en donner la nomenclature, il me semble opportun de faire connaître ce que l'on entend, en droit canonique, par ce mot de *reliques*.

On donne le nom de reliques à ce qui reste d'un saint après sa mort, quand l'Eglise l'a reconnu comme tel. Ainsi, le corps d'un saint, sa tête, ses membres, la poussière même du corps, sont autant de reliques.

Dans un sens plus étendu, on donne encore le nom de reliques aux objets qui ont été à l'usage d'un saint ; tels sont les vêtements qu'il a portés, les vêtements dont il a usé.

Enfin, dans un sens encore plus large, on appelle reliques les divers objets qui ont touché au corps d'un saint ou à ses reliques ; comme, par exemple, le voile de soie dans lequel on les conserve, le suaire qui les a enveloppés, le cercueil où il a été déposé.

Les reliques des saints sont de trois sortes : les insignes, les notables et les minimes.

Les reliques insignes sont, d'après une *Définition de la Sacrée Congrégation des Rites,* du 8 avril 1623 : le corps entier d'un saint, ou un membre entier : la tête, le bras, une jambe, ou la partie d'un membre sur laquelle un martyr a souffert, pourvu qu'elle soit notable et approuvée par l'Ordinaire. (Voir *Gardellini,* t. I, pp. 165, 211 et 247.)

Les reliques notables sont une partie entière du corps qui n'est pas un membre : comme une côte, un fragment de la tête, etc., etc.

Enfin, les reliques minimes sont de très petites quantités d'un saint : comme une dent, un ongle, des parcelles renfermées dans un médaillon.

Pour ce qui regarde Notre-Seigneur et la sainte Vierge, ce qu'on possède d'eux n'est jamais regardé comme reliques minimes, mais comme reliques insignes. C'est ainsi qu'on regarde comme reliques insignes : la robe du divin Sauveur, les instruments de sa Passion, la robe, le voile et des cheveux de la sainte Vierge. En serait-il ainsi si l'on ne possédait qu'un fragment imperceptible de la croix du Sauveur ou du voile de la sainte Vierge ? La question n'est pas tranchée.

Ces prémisses donnés, il sera facile de conclure qu'on possède à Venerque ces trois sortes de reliques :

Reliques insignes.

1° Le corps entier de saint Phébade ;
2° Le corps entier de sainte Alberte.

Reliques notables.

3° Une côte de saint Gaudens ;
4° Une côte de saint Clément, pape ;
5° Une côte de saint Flavien, consul ;
6° Une côte de saint Vital ;
7° Une côte de saint Claude ;
8° Une côte de saint Juste ;
9° Une côte de saint Magne ;
10° Un ossement important de sainte Foy, sœur de sainte Alberte ;
11° Des ossements importants de saint Cyr ;
12° Des ossements importants de sainte Julitte ;
13° Des ossements importants de saint Tiburce ;
14° Des ossements importants de sainte Suzanne ;
15° Une parcelle du voile de la sainte Vierge ;
16° Une parcelle du vêtement de saint Joseph.

Reliques minimes.

17° Un petit ossement de saint Pierre, apôtre ;
18° Un petit ossement de sainte Catherine d'Alexandrie ;

19º Un petit ossement de sainte Philomène;

20º Un petit ossement de saint Roch;

21º Un petit ossement de sainte Germaine;

22º Un fragment des vêtements de saint Benoît Labre *(ex indiculâ).*

En somme, comme nationalité, le trésor de Venerque renferme des reliques appartenant à des saints originaires de l'Asie et de l'Europe.

A l'Asie, nous devons : sainte Catherine, saint Pierre, saint Cyr et sainte Julitte.

A l'Europe, les autres.

Parmi les nations qui se partagent l'Europe, on peut compter comme appartenant :

1º A la Grèce : saint Phébade et sainte Philomène;

2º A l'Italie : saint Clément, saint Flavien, saint Vital, saint Claude, saint Magne, saint Tiburce, sainte Suzanne;

3º A la France : sainte Alberte, sainte Foy, saint Gaudens, saint Labre, saint Roch, sainte Germaine.

Relativement à la dignité ou état qui leur est propre, ils apparaissent à tous les rangs de l'échelle sociale :

1º La papauté fournit : saint Pierre et saint Clément;

2º La milice ecclésiastique : saint Phébade, évêque;

3º La milice guerrière : saint Vital et saint Flavien, consul;

4º Dans les corps d'état, nous trouvons : saint Claude, sculpteur;

5° Une lettrée : sainte Catherine d'Alexandrie ;

6° Deux pauvres : saint Labre et sainte Germaine ;

7° De jeunes enfants : sainte Alberte, sainte Foy, saint Gaudens, sainte Philomène, saint Cyr, saint Tiburce et sainte Suzanne ;

8° Des hommes mariés : saint Vital et saint Flavien ;

9° Des mères de famille : sainte Julitte ;

10° D'autres qui avaient voués à Dieu leur corps et leur virginité : sainte Alberte, sainte Foy, sainte Germaine, saint Roch, etc., etc.

De ce résumé il appert que, dans une paroisse, tous, sans distinction, peuvent trouver un modèle de choix dans les saints mentionnés. Et, pour faire ressortir davantage en quoi les saints dont il est question peuvent servir de leçon vivante, je me permettrai de faire suivre cette sèche classification d'un très court abrégé de leur vie.

SAINT PHÉBADE

(Fête, le 24 avril.)

Phébade, comme son nom l'indique, était d'origine grecque. Plusieurs auteurs le font naître dans l'île de Crète. On sait que cette Eglise fut fondée par saint Paul, et que son premier évêque fut Tite, l'un de ses disciples.

Phébade naquit vers le commencement du IVᵉ siècle, et fut évêque d'Agen durant presque toute la seconde moitié de ce siècle. Il assista, en sa qualité d'évêque des Gaules, au concile de Rimini, tenu l'an 359; assista, quelque temps après, à celui tenu à Paris (1), et il présida ceux de Valence (2) et de Saragosse (3).

(1) A ce concile assistait saint Hilaire de Poitiers; sous son inspiration et celle de saint Phébade, une lettre collective de tous les évêques fut adressée aux évêques d'Orient, pour condamner les fourberies d'Auxence, de Valens, d'Ursace et de Justin.

(2) Tenu le 4 juillet 374, sous le troisième consulat de Gratien. (Voir Barrère.)

(3) Tenu l'an 380. Phébade était accompagné de Delphin, évêque de Bordeaux. Ce concile fut tenu contre les Priscillianistes.

Saint Phébade se distingua par une rare intelligence qu'il mit au service de la foi catholique, par une inépuisable charité, et par une énergie tout à fait épiscopale.

Quand l'empereur Constance fit dire aux évêques des Gaules, convoqués à Rimini, que, par ses soins, tout avait été disposé sur leur route pour que rien ne leur manquât de ce qui leur serait nécessaire, soit pour les besoins de la vie, soit pour les commodités du voyage, Phébade refusa, avec sa sage fierté, ces offres impériales, pour ne pas paraître aliéner, tant soit peu, son indépendance épiscopale.

Et Phébade agissait avec sagesse. Il avait pris la mesure de cet homme, qui fit servir sa puissance souveraine à favoriser l'hérésie d'Arius. C'est d'un pareil homme, revêtu de la pourpre impériale, et qui mourut peu de temps après le concile de Rimini, que saint Jérôme disait : *Bestia moritur, tranquillitas redit* : Le monstre est mort, la tranquillité renaît.

Saint Phébade se montra, à toutes les époques de sa vie, un des plus vaillants et des plus habiles défenseurs de la foi catholique. Il la défendit, soit dans les conciles, soit par ses écrits. Nous possédons de lui deux livres ou traités sur la foi. Le premier, dirigé contre les ariens, porte ce titre : *Livre contre les Ariens*. Le second est désigné sous ce titre : *Traité de la foi orthodoxe*.

Voici l'appréciation portée sur ces divers écrits par un homme compétent, connu déjà de nos lecteurs : « Ces

« écrits (1) sont si nourris et si concluants, que saint
« Jean Chrysostôme lui-même leur accorda l'honneur de
« les traduire pour l'usage des églises d'Orient, estimant
« sans doute que sa *bouche d'or* serait impuissante à
« surpasser la beauté de ce langage. Ils ont même reçu
« cet éloge, qu'ils seraient dignes de remplacer les dé-
« crets des conciles de ce temps-là (*Bollandistes*, t. III,
« 25 avril). Enfin, ce qui paraît encore plus concluant,
« c'est qu'ils furent composés au nom et à la prière de
« l'épiscopat des Gaules; si bien, que les savants auteurs
« de l'*Histoire littéraire de la France* regardent ces
« traités comme un illustre monument du courage, non
« pas d'un seul évêque, mais de tous les évêques de
« cette époque. Phébade consacra ensuite toutes les forces
« de son grand génie à condenser la doctrine de l'ortho-
« doxie en un formulaire qui est comme l'appendice de
« ses deux traités, incomparable chef-d'œuvre de conci-
« sion et de clarté, qui mériterait d'être adopté comme le
« quatrième symbole de notre foi. »

La charité de Phébade pour le prochain fut encore un
des traits distinctifs de son caractère. On sait ce que
Notre-Seigneur dira à ses élus au jour du jugement
général (saint Matthieu, ch. XXV, ȳ. 35) : *J'ai eu
faim, et vous m'avez nourri*, etc. Dans ce chapitre, le
Sauveur énumère les œuvres de miséricorde que nous

---

(1) Panégyrique de saint Phébade, prononcé à la chapelle du
grand séminaire d'Agen, le 26 avril 1882, par M. l'abbé Rumeau,
vicaire général.

avons à remplir, chacun dans notre sphère d'action et de ressources. Phébade accomplit à la lettre ce programme de charité, tracé de main divine. En 1881, M. l'abbé Hébrard, chanoine théologal d'Agen, appelé à l'honneur de prononcer le panégyrique de saint Phébade, traduisant la légende du bréviaire de Claude Joly, disait de la charité de notre saint : « Son peuple était cruellement atteint « par la contagion de l'hérésie; il se fit tout à tous, afin « de les gagner tous à la vraie foi. Il encourageait, il « réchauffait avec un cœur de père les âmes pieuses; il « consolait les affligés, il nourrissait les pauvres, donnait « des vêtements à ceux qui étaient nus, visitait les mala-« des, ensevelissait les morts (1). »

Et cette mission de charité, saint Phébade la continua et la continue après sa mort. « Ses ossements parlent encore : *Defunctus adhuc loquitur.* »

En 1653, une peste affreuse ravageait Agen. Durant six mois, depuis le mois de juin jusqu'au mois de novembre, la population fut affreusement éprouvée; on ne voyait que familles en deuil : la mort frappait impitoyablement à toutes les portes et allait s'asseoir à tous les foyers; elle prélevait tous les jours un tribut épouvantable, puisque, chaque jour, plus de quatre-vingts personnes succombaient au mal. Une pensée heureuse surgit dans l'esprit et le cœur des habitants d'Agen : ce fut de recourir à saint Phébade; et à peine ce recours est-il fait, que la peste cessa comme par enchantement.

(1) Bréviaire de Claude Joly, au 25 avril, leçon VI.

Et dans la paroisse de Venerque, le succès de saint Phébade ne cesse de s'affirmer de jour en jour. La foi en ce grand saint est si grande, qu'on l'invoque à chaque instant, et à chaque instant il se plaît à faire éclater sa puissante intercession.

Ainsi donc : charité inépuisable, intelligence prodigieuse, toute dépensée pour la défense de la foi catholique alors rudement menacée; zèle surabondant, énergie indomptable, tels sont les caractères de saint Phébade.

Un pieux usage s'est introduit à Agen, dû à l'initiative de Mgr Fonteneau, alors son évêque : c'est de prononcer, chaque année, au 26 avril, dans la chapelle du grand séminaire, dédiée à saint Phébade, le panégyrique du saint Pontife. Toutes les sommités du diocèse sont appelées, à tour de rôle, à prendre part à ce tournoi religieux et littéraire par surcroît. Il y a déjà sept ans que l'éloge du saint est redit sous les voûtes de cette chapelle. La forme de ce panégyrique varie chaque année, mais la conclusion ne saurait varier. Que les uns considèrent Phébade comme évêque (1); que d'autres l'étudient comme docteur (2); que les uns, cherchant à ramener vers un principe unique la personnalité de saint Phébade, fassent jaillir de son cœur, comme de sa source naturelle, le riche ensemble des dons merveilleux dont Dieu se plut à l'enrichir (3); que d'autres réalisent une beauté morale

(1) Panégyrique prononcé en 1883.
(2) Panégyrique prononcé en 1876.
(3) Panégyrique prononcé en 1882.

cherchée dans les saintes Écritures (1) ou créée par les efforts d'une riche imagination (2); que d'autres enfin, faisant appel aux événements auxquels saint Phébade se trouva mêlé, déduisent de cette étude savante la physionomie de notre saint (3); toujours est-il que la conclusion qui se dégage de ces discours est immuablement la même : saint Phébade fut un homme de génie, un héros accompli de la charité chrétienne, un évêque comme les désirait saint Paul.

Tant il est vrai que la vérité sur les hommes et sur les choses s'impose d'elle-même aux esprits les plus divers quand ils sont droits et élévés.

OFFICE DE SAINT PHÉBADE

Messe. — A Agen, messe propre; à Toulouse, au commun d'un pontife : *Sacerdotes,* etc.

Vêpres. — Au commun d'un confesseur pontife.

On aime à ajouter à cet office l'hymne ancienne trouvée à Venerque et se chantant, de temps immémorial, le jour

(1) Panégyrique prononcé en 1880.
(2) Panégyrique prononcé en 1881.
(3) Panégyrique prononcé en 1884.

de sa fête, au 24 avril. Voici cette hymne, qui est un résumé parfait des mérites du saint pontife :

I

Salve doctor veritatis,
Phœbade sanctissime.
Salve, custos castitatis,
Defensor Ecclesiæ ;
Ora, nec sit usquam satis,
Christum, regem gloriæ.

II

Audi, preces filiorum
Ad te concurrentium,
Tolle procul miserorum
Dolores gementium ;
Charitate servulorum
Ure corda supplicum.

III

In hac viâ peregrinus
Tutor eras pauperum,
Consolator viduarum,
Levamen debilium ;
Cunctis bonus, cunctis carus,
Cunctos trahens ad Deum.

IV

Bino modo profuisti
Tibi datis plebibus,
Mentes, doctrinâ nutristi,
Roborasti precibus ;
Vestes, escas ministrasti,
Inopum corporibus.

V

Arianos obruisti
Veritatis pondere,
Et rebelles persumdasti,
Rationum robore ;
Aberrantes, reduxisti,
Ad sinum Ecclesiæ.

VI

Ne desereres errantes,
Pastor, ores teneras ;
Ut monstrares latitantes
Luporum versutias ;
Ne videsses pereuntes,
Quos Christo pepereras.

VII

Vice tuâ, sanctum ducem
Elegisti populo,
Verbo et opere potentem,
Dignum te, dignum Deo ;
Qui nutriret carum gregem,
Veritatis pabulo.

VIII

Cursum tandem consummasti,
Consumptus laboribus,
Clarus fide quam servasti,
Clarus et operibus ;
Ad sacras œdes migrasti
Coruscans virtutibus.

7

IX

Recordare, pater pie,
Hujus loci civium;
Custos sancte, procul pelle
Omne nefas dæmonum;
Fuga procul, ab hâc plebe,
Quidquid timet noxium.

X

Sit honos, sit laus perennis,
Patri, proli, Flamini,
Quî nobis, meritis sacris,
Phœbadi, sanctissimi;
Gloriam regni cœlestis,
Det in fine seculi. Amen.

Oraison (1). — Dieu tout-puissant et éternel, qui avez consacré les joies de ce jour à glorifier le bienheureux Phébade, votre confesseur et pontife, faites-nous la grâce, dans votre miséricorde, de garder et de pratiquer cette foi qu'il sut constamment affirmer avec un zèle si parfait.

Ne quittons pas saint Phébade sans mentionner les belles fêtes qui ont été célébrées à Agen, le 8 juin 1885, à l'occasion de l'invention de son chef précieux, dont il a été question, et de l'authenticité donnée à cette relique par le chef du diocèse, Mgr Cœuret. Le nouvel évêque, dont Agen est si fier, ne pouvait mieux inaugurer son règne épiscopal et paternel.

La fête a été célébrée au grand séminaire, placé sous le vocable du saint pontife; c'est aux dignes prêtres de la société de Marie, qui dirigent avec tant de zèle et de

(1) En date du 26 mai 1885, Son Eminence Mgr le Cardinal Desprez, archevêque de Toulouse, accorde une indulgence de cent jours à tout fidèle de son diocèse qui récitera l'oraison de saint Phébade, avec un *Pater* et un *Ave, Maria.*

piété les jeunes vocations ecclésiastiques, qu'a été confiée la précieuse relique. On ne pouvait faire un meilleur choix. Il est bon que les élèves du sanctuaire aient constamment devant eux celui qui devra être leur modèle ; car, comme l'a si bien dit Mgr Cœuret, « le prêtre comme « l'évêque doit être toujours, et surtout dans les temps « mauvais où nous sommes, la lumière et le sel de ce « monde : *Vos estis lux mundi, vos estis sal terræ.* » Dans une improvisation tout à fait heureuse, Monseigneur a développé ces paroles, qui ont produit sur le cœur de tous une impression des plus grandes.

Les Révérends Pères et les élèves avaient grandement préparé la fête. Ce n'étaient que couronnes et guirlandes de fleurs s'entrelaçant avec grâce et courant partout, sur les murs du cloître comme dans les vastes cours, et jusque dans les allées verdoyantes des jardins.

Le matin et aux offices du soir, c'est Monseigneur qui a présidé les cérémonies. Il avait à dessein choisi ce jour pour faire sa visite solennelle au grand séminaire.

Dès l'entrée du Prélat dans ce sanctuaire de la piété et des fortes études, des discours, où une sage dignité avait su s'allier aux abandonnements du cœur, ont été échangés entre le Chef du diocèse et M. le Supérieur du grand séminaire.

La chorale du grand séminaire a été à la hauteur de la fête.

A l'issue des vêpres, M. le grand vicaire Rumeau a lu son rapport sur l'invention de la tête de saint Phébade et sur les recherches qu'il a été obligé de faire pour provoquer l'authenticité de cette précieuse relique.

Voici l'analyse qu'en donne la *Semaine religieuse* d'Agen du 13 juin :

« M. le vicaire général a tout d'abord proclamé, comme
« il le devait, l'intelligence et le zèle de ceux qui l'ont si
« puissamment secondé dans les études préliminaires
« qui devaient le conduire à une certitude morale sur
« cette difficile question. Puis il a groupé, avec un rare
« talent de logicien, les diverses preuves qui lui ont été
« fournies et les a développées avec cet accent convaincu
« qui est le premier caractère de l'éloquence et le charme
« de la parole. Il a contrôlé toutes les assertions, vérifié
« tous les textes, ajouté de nouveaux arguments, et, fina-
« lement, il a conclu à l'authenticité de la relique. A
« mesure qu'il avançait dans la lecture de son rapport,
« on sentait, à l'émotion de l'auditoire, le travail qui se
« faisait dans les intelligences et dans les cœurs. Sa
« lumineuse parole dissipait peu à peu les doutes, et
« c'est avec un recueillement mêlé d'un secret enthou-
« siasme que nous avons entendu la lecture de l'ordon-
« nance épiscopale approuvant les conclusions du rapport
« et autorisant le culte public qui sera rendu au chef de
« saint Phébade. »

Après la lecture de l'ordonnance épiscopale, Monseigneur, donnant le premier l'exemple, vint s'agenouiller devant la sainte relique ; l'émotion de tous arriva alors à son comble; puis, ce furent les anciens du sanctuaire qui vinrent à leur tour prier devant saint Phébade.

Et ce premier acte de vénération publique s'accomplissait encore, qu'une longue procession se déroula à travers les vastes dépendances du grand séminaire, escortant la relique de saint Phébade, portée par les plus hauts dignitaires au milieu des prières les plus ferventes et des chants les plus enthousiastes.

La bénédiction du Saint-Sacrement clôtura dignement cette fête, qui laissera des souvenirs impérissables. Je dois m'estimer très heureux d'avoir été le témoin de ces splendides fêtes et de pouvoir ici remercier ceux qui, par leurs instances obligeantes, m'ont procuré de bien suaves émotions.

Avant de quitter Agen, qu'on nous permette de regretter que ces magnifiques fêtes se soient célébrées à huis-clos, et qu'elles n'aient pas eu pour théâtre la ville entière. Oui, il y a quelques années à peine, les choses se seraient passées autrement, nous a-t-on dit; mais aujourd'hui, que par la suppression des processions on a interdit la voie publique même au Fils de Dieu, comment voulez-vous qu'on permette des ovations publiques à saint Phébade ?

Mais n'est-ce pas saint Phébade qui, pieusement invoqué par la population et les consuls, fit cesser la peste qui ravageait Agen en 1653? Oui, c'est bien saint Phébade. Et alors où est la reconnaissance qu'on lui doit ?

En 1562, les protestants osèrent tenir leurs assemblées religieuses dans l'église dédiée au saint pontife, et, à cause de ce méfait sacrilège, les Agenais, en fiers catholiques qu'ils étaient, démolirent le sanctuaire. En fait de dignité, on s'y connaissait autrefois ; aujourd'hui, les petits centres, obéissant souvent à de mesquines passions ou à un mot d'ordre, semblent abdiquer toute indépendance et toute autonomie particulière et se font une loi d'emboîter le pas sur quelques grandes villes dans cette petite guerre faite au cléricalisme, c'est-à-dire à Dieu et à ses saints.

Connaissant qu'un temple avait été élevé, autrefois, en l'honneur de saint Phébade et qu'une rue portant son nom perpétuait le souvenir d'une des plus belles gloires d'Agen, nous ne pûmes qu'obéir aux impatiences de notre cœur en allant visiter ces lieux. Mais nous fûmes cruellement désappointés. Oui, en 1884, une rue portait encore le nom de Saint-Fiari ; mais ce nom avait été effacé, et sait-on ce que nous pûmes lire à la place ? Ces mots, qui ont leur signification et qui sentent leur marque de fabrique : *Rue Rouget-de-l'Isle*. Nous savions qu'il n'y avait pas de monument pour sainte Alberte, mais nous savions que son illustre sœur sainte Foy n'avait pas été oubliée par les Agenais. Il y a sept ans à peine, la population agenaise lui fit des fêtes splendides. A l'occasion de la translation d'une de ses reliques, la ville se mit en fête. L'enthousiasme fut si grand que, pour trouver un terme de comparaison, il fut dit qu'on avait fait pour elle ce que nous avions su faire à Toulouse pour les fêtes de sainte Germaine. Cela ne nous étonne pas de

la part de la population agenaise. A cause de cela, et à cause
de la précieuse relique que nous possédons de cette sainte,
nous nous fîmes un pieux devoir d'aller voir son église et
d'aller y prier; nous voulûmes aussi nous donner la
satisfaction de contempler, de nos yeux, la place et la rue
que nous savions porter son nom; mais là encore une
pénible surprise nous attendait. Le badigeonneur était
encore passé par là, en 1884. Le nom splendide de sainte
Foy avait été effacé et nous avions l'écœurement de lire :
Rue et *place Rabelais.*

Rue et *place Rabelais,* au lieu de *place* et *rue Sainte-
Foy!!!*

Est-il possible que, en plein XIXᵉ siècle, on soit
capable d'un pareil vandalisme? Mais le nom de sainte
Foy s'impose de lui-même : c'est la plus belle gloire locale
d'Agen. Partout on tresserait des couronnes à son
héroïsme. L'héroïsme, parce qu'il est chrétien, doit-il
donc être bafoué? L'héroïsme ne provoque-t-il pas l'admiration dans tous les temps et dans tous les lieux?
L'héroïsme d'une jeune enfant qui élève, au-dessus de
tout intérêt humain, le lys de la virginité et sa foi chrétienne; qui montre, dans un âge si délicat et si tendre, une
grandeur d'âme devant laquelle pâlissent les plus nobles
exploits; cet héroïsme peut-il trouver des indifférents,
nous ne disons pas assez : des vilipendeurs jusque dans
sa cité? Le niveau moral et chrétien est-il donc déjà
descendu si bas pour nous ménager de si accablantes
surprises? Les âmes sont-elles assez vulgaires pour que

les séductions de tels héroïsmes ne puissent arriver jusqu'à elles?

Pour nous, réservons toute notre admiration pour sainte Foy, et laissons aux appétits et aux convoitises modernes le nom assez significatif de Rabelais.

SAINTE ALBERTE

VIERGE ET MARTYRE

(Fête, le 11 mars.)

Sainte Alberte naquit à Agen, sur la fin du IIIe siècle, vers l'an 292. Elle appartenait à des parents illustres, mais malheureusement attachés aux pratiques païennes. Elle eut néanmoins le bonheur d'avoir pour sœur aînée l'illustre sainte Foy, dont il sera parlé plus loin.

Sainte Foy fut élevée secrètement dans la religion chrétienne par sa nourrice, et baptisée par saint Caprais, le premier évêque d'Agen. On ne dit pas si sainte Alberte, moins âgée que sa sœur de deux ans, eut ce bonheur ; mais tout porte à croire qu'il en fut ainsi, car il n'est pas probable que sainte Foy, qui goûtait le bonheur d'être chrétienne, n'ait pas cherché à étendre ce bienfait à sa jeune sœur. Elevée sous le même toit que Foy, Alberte puisa auprès d'elle, et dans des relations intimes et de tous les jours, cette pureté d'affections et de sentiments élevés qui n'attendent que l'heure favorable pour donner leur éclat et leur fraîcheur. Cette heure sonna quand

Dacien arriva à Agen pour extirper dans ses racines cette Eglise à peine naissante.

Rien d'émouvant et de dramatique comme la scène où la jeune Foy eut l'occasion de révéler son héroïsme chrétien, et que l'on me saura gré de reproduire, parce qu'elle se lie étroitement aux destinées de la jeune Alberte.

Ce Dacien, qui était originaire d'Eauze, dans le Gers, avait si bien su, par sa souplesse de reptile, conquérir les faveurs impériales, qu'il était devenu proconsul de la Tarragonaise et de l'Aquitaine. Ce personnage, au moral, était une rare figure de persécuteur. M. de Champagny, dans son *Histoire des Césars au troisième siècle,* le cite comme « l'un des plus acharnés ennemis de la religion « chrétienne ». Après avoir inondé de sang chrétien les villes de Saragosse, Valence, Girone, Avila, Merida, etc., poursuivant sa course sanguinaire, *anhelans ruinas et neces,* il arriva dans Elusa, sa ville natale, et, jaloux d'effacer la célébrité des plus cruels tyrans, il fit froidement égorger, sans distinction d'âge et de sexe, tous ceux qui, dans cette *commune* patrie, étaient marqués du signe du Christ. Et puis il s'achemina vers Agen.

Avertis de son arrivée, les chrétiens de cette ville, pour se soustraire à sa haine infernale, avaient pris la fuite et s'étaient dispersés dans les environs. Seules, Alberte et Foy n'avaient pas quitté le toit paternel. Par le privilège de l'âge et par la notoriété de sa famille, Foy fut la première mandée devant l'atroce gouverneur.

Assis sur une estrade élevée, et dominant des hauteurs de son orgueil et de sa haine satanique l'immense multitude qui se pressait devant son tribunal et que les récits de l'époque évaluent à plus de douze mille personnes, il fait amener Foy devant lui.

— Quel est ton nom? demanda-t-il à la jeune vierge.

— Je m'appelle Foy, répond-elle avec assurance, et ce nom je cherche à le justifier par mes œuvres.

— Quelle est cette foi et ce culte dont tu parles?

— Pas d'autre que la foi en Jésus-Christ et le culte chrétien.

— C'est donc un vulgaire supplicié que tu adores et que tu prêches?

— Oui, le supplicié divin de la croix, mais supplicié pour mes péchés et les vôtres.

— Ecoute : tu es jeune, riche et belle; sacrifie à Diane, cela t'ira bien mieux.

— Vous savez aussi bien que moi que votre Diane n'a jamais existé, et que ce n'est qu'un démon travesti.

— Quoi! tu oses appeler nos dieux des démons! je vais te faire flageller comme une vile esclave.

— Faites à votre guise. Je suis, en effet, esclave, mais esclave de Jésus-Christ.

Et la jeune Foy fut déchirée par la morsure des fouets; et, toute sanglante, elle est ensuite attachée sur un gril ardent. Et tandis qu'étendue sur ces brasiers, plusieurs sont touchés de compassion, seule elle paraît resplendissante de joie.

Elle est toute à son Dieu, et Dieu n'a garde de l'oublier.

Sur la tête de la petite Foy et dans les hauteurs des cieux on voit un ange lui essayer un diadème d'or, symbole de la gloire qui l'attend dans l'autre vie. En même temps une colombe secoue ses ailes blanches sur les membres de la jeune martyre, et, à la rosée bienfaisante qui en jaillit et qui éteint les flammes, on sent que la dernière victoire restera à Dieu.

Dacien écume de rage. Mais déjà la nouvelle des tourments infligés à Foy a été portée à Alberte. Foy a donné à sa sœur Alberte le secours de sa féconde piété. N'est-ce pas le moment pour Alberte d'apporter à sa sœur l'assistance de ses encourageantes sympathies?

On voit alors la jeune enfant quitter la maison paternelle.

Des clameurs de haine, des cris assourdissants, poussés par le paganisme en délire, l'avertissent qu'elle n'est pas éloignée du théâtre du supplice. Elle fend la foule, et la foule ouvre ses rangs devant sa majestueuse simplicité.

Dacien est toujours sur son tribunal. Alberte s'approche; Foy, solidement enchaînée, est près du gril incandescent : elle est calme et ne témoigne aucune crainte. Des cris de mort retentissent à ses oreilles, et elle conserve sa noble assurance; elle rayonne, au contraire, de beauté et de joie céleste, sous les nobles blessures dont elle est richement parée.

Alberte aperçoit sa sœur; elle s'avance et voudrait la presser sur son cœur, mais le Dacien irrité se dresse plein de menaces devant cette enfant de dix ans.

Et, remplie d'un noble courage, devant le péril qui la menace, Alberte jette à Dacien ce cri des martyrs : *Et moi aussi, je suis chrétienne !*

Et au lieu d'une victime, Dacien satisfait peut en contempler deux.

Et, comme électrisés par le noble exemple d'Alberte, deux jeunes Nitiobriges, les deux frères Prime et Félicien, entrent, à leur tour, dans la lice et viennent affirmer leur foi chrétienne.

Du haut de la caverne de Pompéjac, qui domine la ville d'Agen, aujourd'hui *mont Saint-Vincent,* et où saint Caprais s'était caché, se réservant pour son cher troupeau, le saint pontife a pu voir les éclatants miracles opérés en faveur de sainte Foy (1).

Ebranlé par ce spectacle tout divin, il s'interroge et il se demande s'il ne doit pas prêcher d'exemple et descendre, à son tour, dans l'arène pour réconforter ses nobles disciples. Il se met aussitôt à genoux et supplie le ciel de lui révéler, par un signe, s'il le juge digne de la grâce du martyre. De sa main alors il frappe le rocher qui lui sert d'abri. Aussitôt, de l'endroit frappé, jaillit une source d'eau limpide, qui n'a jamais tari jusqu'à nos jours, et où les malades vont chercher la guérison de leurs maux.

Le pasteur, transporté de joie, se dérobe à ses néo-

(1) Consulter le Bréviaire de Bilhonis, les anciens Propres d'Agen, Saint-Vincent de Beauvais, le P. Labbé, l'abbé Servières, etc., etc.

pyhtes, en confie la garde à son diacre saint Vincent, et s'élance vers le lieu du combat.

Il paraît devant Dacien et prêche la foi chrétienne à la foule assemblée. Dacien le fait arrêter, et, après un interrogatoire qui tourne à sa confusion, il le fait battre de verges.

Puis, la lugubre séance est levée. Décontenancé par le noble héroïsme des saints martyrs, le féroce gouverneur les fait jeter dans de noirs cachots, prenant la précaution de séparer saint Caprais de ses compagnons de martyre pour une plus tardive exécution.

Durant quinze jours, le proconsul se complaît à épuiser sur eux tous les raffinements de la cruauté la plus habile et la plus sauvage.

Enfin, las d'être vaincu par de jeunes enfants qui montraient la magnanimité des plus grands héros, il leur fit trancher la tête au même instant et le même jour, l'an 303 de l'ère chrétienne.

Les corps des quatre martyrs furent traînés par la plèbe païenne à travers les carrefours de la ville ; mais ce spectacle atroce donné au public ne servit qu'à provoquer une réaction salutaire. Le sang de ces saints martyrs fut comme une semence féconde : *Sanguis martyrum, semen christianorum.* Dans la même journée, un nombre considérable de chrétiens, qu'on ne peut évaluer à moins de cinq cents, furent immolés pour la foi. Le lieu de leur immolation porte encore aujourd'hui, à Agen, le nom significatif de *Camp de Martrou,* champ

des martyrs, situé près de l'église actuelle de sainte Foy.
Les corps des quatre jeunes héros furent soigneuse-
ment recueillis. Saint Dulcide, évêque d'Agen et successeur de saint Phébade, les fit transférer solennellement
en l'église qu'il avait fait bâtir en l'honneur de sainte
Foy, l'heureuse promotrice de ce grand triomphe de la
religion..

Aujourd'hui, par les vicissitudes des temps, les corps
de ces glorieux martyrs ont quitté Agen.

Le corps de sainte Alberte est honoré dans l'église de
Venerque. A l'occasion des fêtes de l'invention de ses
reliques précieuses, un magnifique reliquaire, dont la
générosité spontanée des habitants a fait tous les frais, a
été inauguré : il est en cuivre doré; c'est là que repose
la sainte, en compagnie d'une relique notable de sa sœur
sainte Foy.

La générosité des habitants de Venerque ne s'est pas
bornée à donner un reliquaire de prix à sainte Alberte;
c'est encore elle qui a couvert tous les frais de la fête de
l'invention de son corps. Une souscription fut ouverte, et
immédiatement les souscripteurs arrivèrent en foule, qui
apportant son obole, qui sa riche offrande. On pourra
tout, dans une paroisse, avec des familles généreuses
comme celles des Mailhol, des de Ginisty, des Cambon,
des Lafage, etc., etc.

Office. — Double. Messe : *Loquebar*, etc., au commun
des vierges martyres.

Oraison propre. — O mon Dieu (1)! vous qui avez daigné associer la bienheureuse vierge Alberte à sa sœur sainte Foy, non pas seulement par les liens du sang, mais par la communauté de la virginité et du martyre, accordez à vos serviteurs, par l'intercession des deux sœurs, de garder avec soin l'unité de la foi dans les embrassements de la paix. Ainsi soit-il.

(1) Par décision du 26 mai 1885, Son Eminence Mgr le Cardinal de Toulouse accorde une indulgence de cent jours à tout fidèle de son diocèse qui récitera un *Pater* et un *Ave* avec la prière ci-dessus.

SAINTE FOY

PREMIÈRE MARTYRE D'AGEN

(Fête, le 7 octobre. Semi-double.)

————

Sainte Foy était la sœur aînée de sainte Alberte; elle avait deux ans de plus que sa sœur.

Dans la vie de sainte Alberte, nous avons dit avec quel courage elle sut supporter les plus affreux tourments, et comment Dieu, par des prodiges inouïs, la prépara à souffrir dignement le martyre.

Après sa mort, et près d'un siècle après, saint Dulcide lui fit bâtir une magnifique église.

Dieu se plut à rendre glorieux le tombeau de la sainte par les miracles nombreux qu'il fit en sa faveur. Agen profita largement de ses miracles, et une cité nouvelle ne tarda pas à s'élever autour de la basilique de la sainte. Des multitudes sans nombre accouraient autour de ses reliques. Dans le monde entier, on ne parlait que des miracles que Dieu faisait par elle. Des aveugles, des sourds, des possédés, une multitude de malades étaient miraculeusement guéris.

8

Dans ces temps de foi, les reliques des saints étaient considérées comme le plus précieux des palladiums, et le désir qu'avaient les villes, surtout les monastères, de posséder de tels trésors était si grand, qu'on n'hésitait pas à se les approprier, même par le vol, quand cela pouvait se faire impunément. C'est ce qui arriva pour les reliques de sainte Foy. Son corps fut subrepticement enlevé d'Agen et transporté dans le monastère de Conques, dans les montagnes de l'Aveyron, un peu avant l'année 874, sous le règne de Charles le Chauve. Aujourd'hui, en l'an 1885, c'est encore dans ce monastère de Conques, dirigé par les religieux Prémontrés, que se trouve ce même corps de sainte Foy. L'église du monastère s'appelle l'église de Saint-Sauveur ; c'est à côté de son Époux divin que la jeune vierge se plut à reposer.

La tête de la sainte est renfermée dans un reliquaire en forme de statue, tout en or repoussé ; elle mesure 0ᵐ85 de hauteur. Ce fut Etienne, évêque de Clermont et abbé de Conques, de 942 à 984, qui le fit confectionner. Ce reliquaire, qui fait l'admiration des connaisseurs, a donc neuf cents ans d'existence. Les autres reliques de la sainte furent renfermées dans une châsse moins riche.

Le culte de sainte Foy devint si populaire, qu'il n'est pas facile, en France et même à l'étranger, de faire un pas sans rencontrer des sanctuaires élevés en l'honneur de la sainte.

Dans notre diocèse de Toulouse, plusieurs prieurés avaient été élevés en l'honneur de sainte Foy : le prieuré de Sayrac, près Villemur ; celui de Castrum-Moronis, aujourd'hui Castelmaurou ; celui de Peragrolium-Peyrolières.

Toutes les villes importantes avaient leurs rues et leurs places de Sainte-Foy, comme Paris, Angers, Montpellier, etc. Chartres regardait sainte Foy comme l'une des patronnes de la cité ; une belle basilique lui fut consacrée. Au XVIIe siècle, le vénérable Olier fonda son premier séminaire à Chartres. « Qui ne sait, dit Mgr Pie, évêque de Poitiers, que le pieux Olier avait choisi la paroisse de Sainte-Foy pour y fonder son premier séminaire ! Lui et les membres de sa société naissante y habitèrent plus d'une année ; ils y prêchèrent une de leurs plus fructueuses missions. Et s'il n'entra pas dans les desseins de Notre-Seigneur d'y fixer le berceau de cette savante et modeste compagnie ; si la maison, élevée à ses frais, auprès de l'église de Sainte-Foy, dut être bientôt abandonnée, du moins le souvenir de ce premier essai est demeuré vivant dans les âmes ! »

La basilique de Sainte-Foy de Chartres, neuf cents ans après son édification, fut usurpée en 93, et transformée en théâtre. Si nous rappelons ce fait odieux et sacrilège, c'est qu'il nous revient en mémoire qu'en 1855 les Maristes rachetèrent l'édifice, le rendirent au culte et y firent revivre le culte de la sainte. C'est le R. P. Choisin, supérieur des Maristes de Toulouse, qui mena à bonne fin cette heureuse transformation ; et, dans notre ville de Toulouse, c'était encore dans un ancien théâtre, *le Colysée,* que cet ardent ouvrier faisait honorer la Vierge Marie, quand les fameux décrets sont venus arrêter son zèle, en apposant les scellés prohibitifs sur sa chapelle.

Les papes honorèrent grandement sainte Foy par les nombreux privilèges dont ils enrichirent le monastère de Conques.

Le pape Pascal II (de 1099 à 1109) approuva, par une bulle expresse, que la fête de la sainte, fixée au 6 octobre, fût précédée d'une vigile et d'un jeûne solennel. Il concéda même, pour les offices de Conques, cette faveur singulière, que le nom de la vierge martyre fût inséré dans le Canon de la messe.

Le pape Innocent IV (en 1245) accorda aussi d'autres privilèges.

Honoré de la bénédiction et des faveurs des souverains pontifes, glorifié par des miracles sans nombre, — puisque Bernard d'Angers a composé deux livres sur les hauts faits de sainte Foy, approuvés par les souverains pontifes, — le pèlerinage de Conques fut classé à l'un des premiers rangs parmi les plus célèbres. Rois, princes, prélats, peuples accouraient de tous les points de la France et de l'Europe, et sainte Foy fut appelée la grande thaumaturge.

Une notoriété si grande autour de ce sanctuaire devait en faire le point de mire des ennemis de notre religion ; c'est ce qui arriva à plusieurs reprises. En 1561, les protestants s'emparèrent du couvent, mais ne purent s'emparer des reliques. Ni la statue d'or, ni le coffret précieux qui renfermait, comme nous l'avons vu, la majeure partie des reliques de la sainte, ne tombèrent en leur pouvoir. Ce fut sans doute à cette époque que le coffret précieux fût caché dans l'intérieur d'un des murs de l'abside, où il fut retrouvé le 21 avril 1875. Les convoitises des hommes de 93 se portèrent aussi vers la statue d'or de sainte Foy, mais leurs appétits allèrent échouer contre les habiles combinaisons des gens préposés à la garde du trésor. Parmi ces hommes dévoués, qui réussirent à tromper les recherches intéressées des révolutionnaires, se trouvait l'abbé Costes, arrière-grand-oncle de l'abbé Servières, et qui vint mourir curé de Saint-Jory, dans notre diocèse.

En 1873, le 22 juin, Mgr Bourret, évêque actuel de Rodez, appela les Prémontrés à Conques, pour le service du célèbre sanctuaire. C'est deux ans après leur arrivée, en démolissant le mur auquel était adossé le maître-autel, qu'on trouva le reliquaire de la sainte; il mesurait 0m58 de longueur sur 0m39 de largeur et de hauteur.

Grande fut la joie devant cet événement inespéré. Tout annonçait qu'on avait devant soi la majeure partie des ossements de la sainte. Des hommes de l'art furent appelés deux fois à les examiner, et, dans le recensement qu'ils en firent, à quelque chose près, ils dénombrèrent, en quantité à peu près égale et sous la même dénomination, les ossements de sainte Foy, comme on dénombra, plus tard, les ossements de sainte Alberte. Il y a cette différence en faveur de sainte Alberte : c'est qu'il reste d'elle un plus grand nombre d'ossements, ce qui s'explique quand on saura que, durant la période du moyen âge, Conques envoya des reliques de sainte Foy dans les diverses contrées du monde.

Une coïncidence que nous aimons à faire remarquer : c'est au mois d'avril 1875 que se fait l'invention du corps de sainte Foy ; neuf ans après, c'est dans le même mois d'avril que se fait l'invention du corps de sainte Alberte, sa sœur. C'est le 21 octobre 1878 que Mgr Bourret, avec les évêques de la région, clôture les fêtes de l'invention du corps de la grande thaumaturge ; et, sans entente étudiée ni soupçonnée, c'est le même jour, à six ans de distance, que, sous la présidence du vénéré Cardinal de Toulouse, assisté de plusieurs évêques, s'est faite, à Venerque, la clôture des fêtes de l'invention de sainte Alberte.

Pour rendre la fête de Venerque plus splendide, Mgr l'évêque de Rodez, empêché d'assister à ces fêtes, mais désireux de s'y associer, avait envoyé, comme don gracieux, à M. le curé de Venerque, une relique notable de sainte Foy. Ce sont les deux sœurs réunies qui désormais prieront pour cette paroisse et le diocèse. Que la volonté de Dieu soit faite et que son nom soit béni !

Office. — Messe comme au commun des vierges martyres : *Loquebar*, etc.

Oraison. — Dieu tout-puissant et éternel, qui avez rempli la bienheureuse Foy, vierge et martyre, d'une vertu si grande qu'elle a mérité d'éteindre les ardeurs d'un feu violent, accordez-nous, par son intercession, qu'enflammés par les flammes de votre charité, nous puissions résister fortement aux excitations soulevées dans nos membres par la loi du péché. Ainsi soit-il !

SAINT PIERRE

APÔTRE

(Fête, le 29 juin.)

Saint Pierre est le patron de Venerque ; il l'a été dès là plus haute antiquité, puisque la *Gallia christiana*, tome XIII, page 89, dit que l'abbaye de Bénédictins, qui existait en 817 dans ce pays, était consacrée au prince des apôtres : *dicata principi apostolorum*. Etudions donc avec respect la vie de notre saint patron.

Saint Pierre était hébreu, de la province de Galilée, né à Bethsaïde, marié à Perpétue, nièce de saint Barnabé. Il eut pour frère aîné saint André, et tous deux étaient pêcheurs de leur état.

André, son frère, ayant connu Jésus-Christ par saint Jean-Baptiste, son maître, passa un jour entier dans la maison du Fils de Dieu, et, apprenant de lui qu'il était le Messie, il lui amena son frère. Notre-Seigneur, le voyant, lui dit : « Tu es Simon, fils de Jonas ; tu auras « nom Céphas » ; ce qui, en langue syriaque, signifie : Pierre.

Après cette entrevue, les deux frères revinrent à leurs filets. Peu de jours après, Notre-Seigneur, étant venu sur le bord de la mer, les appela ; il les invita à le suivre : ce qu'ils firent.

Rien d'intéressant comme la personnalité du chef des apôtres ; rien de saisissant comme sa grande foi, son admirable humilité, son zèle ardent pour Jésus-Christ ; ajoutons à cela un cœur d'une richesse inouïe, dont les élans impétueux lui attirèrent quelquefois les remontrances de son maître, mais qui, assouplis et corrigés par la grâce, lui créent une physionomie à part et d'une incomparable beauté.

Saisissons sur le vif quelques linéaments de ce grand caractère. La matière est riche, on peut puiser à larges mains dans les récits évangéliques.

J'admire et j'aime ce chef de l'Eglise, heureux si je pouvais provoquer chez les autres un plus grand amour et une plus grande admiration !

Un jour, Notre-Seigneur veut assister à la pêche de Pierre ; il monte dans sa barque. Cette nuit-là il n'avait rien pris : *per totam noctem laborantes, nihil cepimus*. Sur l'invitation de Jésus, les filets sont de nouveau jetés à la mer, et une telle abondance de poissons se laissa prendre, que deux barques en sont remplies et menacent de couler sous le poids. A cette vue, Pierre se sent saisi d'une énorme stupeur : *stupor circumdederat eum*. D'un mouvement spontané, il se jette à genoux : « Maître, s'écrie-t-il, éloignez-vous de moi, fuyez donc le

« contact d'un misérable pêcheur ! » (Saint Luc, ch. V, § 8.) Remarquons ce cri de son humilité. Il ne dit pas : « Éloignez-vous de nous ; » ce n'est que sa personne qu'il met en évidence ; seul, il se regarde comme prévaricateur : *Exi a me.*

Un autre jour, pendant qu'il jetait ses filets, il vit, avec les autres disciples, Notre-Seigneur venir à eux, marchant sur les flots. Ils crurent d'abord à une vision, à un effet de mirage. Jésus leur dit : « C'est moi, ne craignez « point. — Maître, si c'est vous, dit Pierre, s'inspirant « de sa grande foi, commandez-moi donc d'aller à vous ! « — Je le veux, réplique Jésus. » Et, sans hésiter, l'apôtre se jette à l'eau. La mer s'affermit d'abord sous ses pas, puis Notre-Seigneur permet qu'elle s'assouplisse ; le disciple commence à perdre pied : « Maître, s'écrie- « t-il, sauvez-moi : *Salvum me fac.* » Et Notre-Seigneur, qui est content de la foi de Pierre, le remet à terre sain et sauf.

Le soir de la Cène, Notre-Seigneur, dans un moment d'expansion, annonce la défection prochaine des disciples. « Maître, dit Pierre, cédant à un besoin de son cœur : « *Si omnes ego non.* Tous peuvent tomber, moi, jamais. « — Pierre, dit Jésus, cette nuit, avant que le coq jette « par trois fois son chant aux échos du matin, tu m'au- « ras renié trois fois. » Le disciple croyait si peu à sa chute, qu'il suivit Jésus au jardin des Olives. Tout à coup, une horde de plats valets et de malfaiteurs, obéissant au signe convenu avec l'Iscariote, se rua sur Jésus.

Devant cette agression, Pierre, qui a déjà dégaîné une épée de combat, a bientôt fait pour abattre, d'un seul coup, l'oreille de Malchus. Notre-Seigneur ne peut s'empêcher de réprimer ce zèle intempestif, et, quand il a remis en place l'oreille du serviteur à gages, il se laisse arrêter et enchaîner. Pierre le suivit jusqu'au prétoire de Pilate, et là, selon la prédiction du Maître, il jura jusques à trois fois qu'il ne le connaissait pas.

Quel épouvantable scandale !!!

Jésus, qui avait prophétisé cette triple faiblesse, jette un regard de miséricorde sur le pauvre disciple : *intuitus eum*. Ce regard divin pénètre jusqu'au plus intime de son âme, et il se retire et il pleure amèrement son péché. Les larmes, a dit un physiologiste, sont le sang du cœur. Venant du cœur de Pierre, d'une source embrasée d'amour, les larmes abondantes qui, à partir de ce moment, coulèrent continuellement de ses yeux, creusèrent sur sa figure, comme tracés par le passage d'une lave incandescente, deux larges et noirs sillons. C'est un Père de l'Eglise qui parle ainsi.

Au jour de la résurrection de Notre-Seigneur, Magdelaine s'en vint annoncer à Pierre et à Jean que « Notre- « Seigneur n'était plus dans le tombeau ». Cet événement était à vérifier. Qui s'élance le premier? C'est Pierre; mais, par le bénéfice de l'âge, c'est Jean qui devance Pierre : *Cucurrit Petro citius*. Néanmoins, c'est Pierre qui a l'avantage de descendre le premier dans l'intérieur du tombeau.

C'était auprès de la mer de Tibériade, après la résurrection de Notre-Seigneur, Jésus alla trouver ses disciples. Avisant Pierre, et, par amour pour lui, voulant lui ménager l'occasion de réparer sa triple défection du prétoire, il l'interroge en ces termes (saint Jean, chap. XXI ɣ 15) : « Simon, fils de Jean, m'aimez-vous plus que « les autres? » Plus que les autres, c'était comme un écueil tendu à l'humilité de Pierre. Et Pierre de répondre simplement : « Maître, vous savez bien que je vous aime. » Et Notre-Seigneur d'ajouter : « Pais mes agneaux. »

Notre-Seigneur insiste encore : « Simon, fils de Jean, « m'aimez-vous? » Et Pierre de répondre encore : « Sei- « gneur, vous savez que je vous aime. » Et Notre- Seigneur d'ajouter : « Pais mes agneaux. » Notre- Seigneur, pour la troisième fois, insiste : « Simon, fils « de Jean, m'aimez-vous? » Pierre devint triste. Est-ce que son maître aurait des doutes sur son amour? Pierre a vite interrogé son cœur, et prenant une noble assurance : « Seigneur, s'écrie-t-il, vous avez la science de toutes « choses; donc vous ne pouvez ignorer que je vous aime. » Et Notre-Seigneur d'ajouter cette parole significative : « Pais mes brebis. » Par deux fois, c'était la garde des agneaux qu'il lui avait donnée; maintenant, c'est la garde des brebis, c'est-à-dire que Notre-Seigneur lui confie la garde du troupeau tout entier : il lui donne pasteurs et peuples, l'Eglise tout entière.

Quelques jours encore, et, à la Pentecôte, Pierre est confirmé en grâce. Qui pourra maintenant arrêter ce torrent impétueux? Le jour même de la Pentecôte, entouré du collège apostolique, c'est-à-dire des autres apôtres, il prend la parole devant les Juifs, et, promulgant la loi évangélique, trois mille hommes aussitôt tombent à ses pieds et se font baptiser. Vers les trois heures du soir de ce même jour, comme il sortait du temple avec Jean, un estropié de naissance tend sa main à saint Pierre pour solliciter son aumône : « De l'or et de l'argent, les « apôtres n'en possèdent pas; mais ce que j'ai, je te le « donne. » Et, le saisissant de la main droite, Pierre le soulève de terre et le malade, soudainement guéri, prend sa course et entre dans le temple.

Le lendemain il prêche pour la seconde fois, et cinq mille hommes demandent encore le baptême.

C'est en vain que les Juifs le font jeter dans les cachots. « Mais, pauvres gens que vous êtes, s'écrie-t-il, à ma « place, vous feriez comme moi; n'est-il donc pas juste « d'écouter Dieu plutôt que les hommes? » Et les Juifs lui ouvrent les portes de la prison; une autre fois, c'est un ange qui brisera ses chaînes.

Pierre multipliait les miracles : tantôt il redressait les paralytiques, tantôt il ressuscitait les morts; son ombre même guérissait les malades.

Après avoir prêché à Jérusalem, il se rendit à Samarie, avec saint Jean, pour administrer le saint Esprit aux fidèles; puis il évangélisa toute la Judée. Son zèle ne connaissant plus de bornes, il évangélisa les provinces de Pont, de Galatie, de Cappadoce, d'Asie Mineure, de

Bithynie, et établit enfin son siège pontifical à Antioche, où il resta sept ans.

Après ce laps de temps, il revient à Jérusalem. Hérode le fait jeter en prison et veut le faire mourir; toute l'Eglise se met en prière, et il est encore délivré par le ministère d'un ange.

Il y avait douze ans que les Juifs seuls étaient évangélisés. Sur l'ordre de Pierre, et parce que le temps était venu d'évangéliser les nations, les apôtres se dispersent dans le monde entier à la conquête des âmes. Le chef des apôtres, par une révélation de Dieu, porte ses pas vers Rome et prend possession de cette ville, qui deviendra la Ville éternelle. Il entra dans Rome le 18 janvier, l'an de grâce 44, la deuxième année de Claude, selon Eusèbe et saint Jérôme.

« Rome, a dit le P. Lacordaire, est bâtie à peu près
« au milieu de la presqu'île italique, plus au midi qu'au
« nord, et, en revanche, plus à l'Orient qu'à l'Occident.
« Elle est assise sur quelques collines, séparées par des
« ravins plutôt que par des vallées, au bord du Tibre,
« fleuve jaune et grave, qui roule lentement ses eaux
« entre ses rivages sans verdure. Rome était le centre
« naturel du monde et son centre effectif à l'époque de
« Jésus-Christ : c'est pour cela que Dieu y a établi le
« centre de l'Eglise catholique.

« Un jour, un pêcheur, parti des bords du lac de
« Galilée, s'en vint loger au pied du Viminal, une des
« collines de la Ville éternelle, n'apportant avec lui

« qu'une parole qui lui avait été dite en son petit pays
« par un homme crucifié; et, avec cette parole toute
« puissante, puisqu'elle était divine, Pierre prit posses-
« sion de Rome et en fit l'unité vivante du christianisme.
« Pierre était à Rome sous Néron, le plus cruel des
« tyrans qui aient régné sur le monde.

« Merveilleux contraste! s'écrie un historien de l'Eglise;
« dans le même temps, Sénèque, philosophe éloquent,
« riche, fait l'éducation d'un nouvel empereur, et Pierre,
« pêcheur de Galilée, sans lettres, sans argent, sans
« crédit, fait l'éducation d'un nouveau genre humain.
« L'élève de Sénèque fut Néron; l'élève de Pierre, c'est
« l'univers chrétien. »

De Rome, l'action de Pierre s'étendit sur le monde
entier. De la même main qui jetait les filets sur la mer
de Galilée, il écrivit deux lettres apostoliques aux chrétiens de Rome. Dans la première lettre, spéciale aux
nouveaux convertis, le prince des apôtres excite les fidèles
à la pratique de la vertu, soit à cause des grâces qu'ils
ont reçues, soit à cause des grands biens qui les attendent. Cette lettre est un chef-d'œuvre, dit le protestant
Grotius. Dans la deuxième lettre, écrite sur la fin de sa
vie, et qui peut être regardée comme le testament d'un
père, il donne des avis qui s'adressent à tous les siècles;
il nous y enseigne les vertus et a soin de nous prémunir
contre toutes les séductions qui nous attendent dans le
monde. Tout est exquis dans cette divine lettre.

Et entre ces deux lettres, écrites au commencement et

à la fin de son apostolat à Rome, Pierre savait évangéliser le monde; il parcourut l'Asie, l'Afrique et l'Europe, fondant partout des évêchés sans nombre. A Rome, il pénétrait dans le palais de Néron, se créant des néophytes parmi les grands de la cour et les familiers mêmes du farouche empereur. Un incident amena la mort de Pierre. Simon le Magicien s'essayait à détruire l'influence de l'apôtre. Que fit Pierre? Il pria avec toute l'Eglise, et l'impie Simon périt d'une manière honteuse. Les chrétiens se réjouirent de cette mort; mais le monde païen fut au contraire consterné. Néron lui-même, pour venger cette mort, fit arrêter saint Pierre, et avec lui saint Paul, cet autre vaillant athlète de la foi, venu à Rome pour lui porter le secours de son zèle et de sa puissance. Jetés dans la prison Mamertine, ils y restèrent neuf mois. Vaincu par les prières des fidèles qui conseillaient à Pierre d'épargner sa vie pour son troupeau, une nuit il déjoue la surveillance des gardes et sort de prison. Il sortait de Rome, dit saint Ambroise, quand il rencontra Jésus-Christ en personne : « Maître, où allez-vous? *Domine quo vadis?* — Je vais me faire crucifier une seconde fois, » dit Notre-Seigneur (1).

L'apôtre, comprenant la leçon divine, revient prendre ses chaînes. A quelques jours de là, il est condamné à être crucifié, et Paul à mourir par le glaive. La sentence fut exécutée le 29 juin, l'an de Notre-Seigneur 66, la

(1) Des reliques de saint Pierre, parfaitement authentiquées, sont gardées dans le buste du prince des apôtres.

quatorzième de l'empire de Néron, après avoir exercé son pontificat à Rome durant vingt-cinq ans deux mois et sept jours.

La joie de saint Pierre fut grande de mourir sur une croix, comme son maître ; mais sa joie fut encore plus grande de savoir qu'il serait crucifié la tête en bas ; il se regardait indigne de mourir de la même manière que Notre-Seigneur. Il nous semble entendre saint Pierre, rayonnant d'une joie calme, au pied de sa croix, dire à Notre-Seigneur : « Maître, vous êtes le Fils de Dieu. Que « le Fils de Dieu, Dieu comme son Père, élève sa tête sur « la croix : il le fallait. Vous êtes le roi de la création ; « aussi la création ne pourra soutenir votre regard. A « peine exalté de terre, le soleil se cacha, la terre trembla, « les rochers se fendirent, le voile du temple se déchira, « les morts sortirent de leurs tombeaux. Mais moi, je « vous ai renié trois fois, ô mon Maître ! ma tête, voilée « de confusion, doit se pencher et se cacher dans la terre. « Merci, ô mon Dieu ! d'être réservé à cette dernière « confusion. »

Quel grand apôtre ! quel grand martyr ! quel puissant protecteur pour Venerque !

Office de saint Pierre et de saint Paul, au 29 juin.

Oraison. — Seigneur Dieu, qui avez consacré ce jour par le martyre de vos apôtres Pierre et Paul, donnez à votre Église de suivre en toutes choses les grands préceptes de ceux qui ont guidé les premiers pas de l'Église naissante.

SAINT CLÉMENT

PAPE (DE L'AN 67 A L'AN 76)

(Fête, le 23 novembre.)

———————

Saint Clément était de Rome, d'une très noble maison, et proche parent de l'empereur Domitien. Son père s'appelait Faustin. Il fut d'abord disciple de saint Paul, puis disciple de saint Pierre, notre patron. Voilà pourquoi nous donnons la seconde place à sa notice. Il succéda à saint Lin, qui avait lui-même succédé à saint Pierre dans le gouvernement de l'Eglise, de telle sorte que saint Clément est le troisième pape (1) qui se soit assis sur la chaire pontificale. Son pontificat dura de l'an 67 à l'an 76, c'est-à-dire pendant neuf ans deux mois et dix jours, sous le règne de Galba et de Vespasien. Le pontificat de

---

(1) Dans le Canon de la messe, saint Clément est nommé après saint Clet; c'est ce qui a fait croire à tous les hagiographes que saint Clet était le troisième pape, et saint Clément le quatrième. Une critique plus judicieuse a permis de mettre saint Clément avant saint Clet. Ce qui est vrai, c'est que saint Clet mourut avant saint Clément; c'est à cet ordre nécrologique que fait allusion le Canon de la messe.

Clément fut des mieux remplis. Des dissidences dogma-
tiques s'étant élevées à Corinthe, durant son pontificat,
il écrivit deux lettres remarquables que nous possédons
encore aujourd'hui. Dans la première, avec son autorité
de pontife universel, « il établit la primauté du siège de
« Rome et la hiérarchie catholique. » Dans la seconde,
il insiste sur « la divinité du Sauveur », déjà attaquée;
sur « la réalité de sa passion, sur la magnifique économie
« de l'œuvre rédemptrice, les réalités de la vie future,
« l'impossibilité du salut en dehors de la foi chrétienne,
« et la certitude de la résurrection de la chair (1) ». On
doit encore à saint Clément la création des sept notaires
apostoliques qui ont rendu les plus grands services à
l'Eglise; de telle sorte que si nous savons quelque chose
aujourd'hui des actes des martyrs, nous le devons à cette
admirable institution.

Saint Clément occupait le siège de Rome, quand un
grand parti pseudo-religieux se forma autour du Vespasien couronné. C'est le triste lot des souverains de voir
se former autour d'eux, en dehors des courtisans officiels,
une autre cour, dite des flatteurs, qui ne brûlent de
l'encens que pour accaparer les honneurs et les positions
lucratives. Ces courtisans affluèrent sur les marches du
trône de Vespasien. Suétone prétend « qu'il se trouva des
« adulateurs assez éhontés pour prétendre que Vespasien,
« qui était d'origine commune, descendait d'un des com-

(1) Voir l'abbé Darras, *Histoire de l'Eglise*, t. VI, p. 527.

« pagnons d'Hercule (1) ». L'empereur eut le bon esprit de n'en rien croire, mais il eut la simplicité d'ajouter foi aux lâches et intéressées flatteries de Josèphe, l'historien juif qui, malgré la chute de sa nation par la prise de Jérusalem, réussit à lui persuader qu'il était le Messie promis. La mauvaise logique commandait à Vespasien de persécuter les chrétiens dont la foi reposait sur l'avènement du Messie, dont Jésus-Christ était l'incarnation ; voilà pourquoi saint Clément fut frappé d'un édit d'exil, et il fut relégué, l'an du Christ 76, le 3 décembre, dans la Chersonèse. A cette date prend fin le pontificat de Clément, soit qu'il ait abdiqué, soit qu'il ait remis à l'Esprit-Saint la direction de son Eglise (2). Saint Clet lui succéda.

Arrivé dans la Chersonèse, la Crimée actuelle, saint Clément y trouva deux mille chrétiens, que Vespasien y avait relégués et qui furent bien consolés par la venue du saint pasteur. Le premier miracle qu'il fit au milieu d'eux fut de faire jaillir dans ces déserts une eau abondante, dont ils manquaient. Il s'adonna ensuite à la conversion des pauvres sauvages de ces contrées, comme on les appelait, et il en baptisait cinq cents par jour. Et ces travaux d'un apostolat bien dur, mais fructueux, ne lui faisaient pas oublier ce qu'il devait à l'instruction de ces chrétientés florissantes. C'est de Cherson qu'en

(1) Suétone, *Vesp.*, ch. XII.
(2) Darras, t. VI, ch. VI, p. 440.

l'an 98 il adressa aux chrétientés d'Asie ses deux épîtres
aux vierges. Dans ces deux épîtres, il célèbre « le célibat
« ecclésiastique et la virginité », ces deux institutions
apostoliques qu'on ose encore décrier de nos jours comme
l'invention récente d'un fanatisme absurde. Dans une
seule année, saint Clément fit bâtir soixante-quinze églises,
et les temples des idoles furent abattus.

Du fond de son palais de Rome, Trajan apprit cela, et
la troisième année du règne de cet empereur, qu'on dit
néanmoins débonnaire, le saint vieillard fut traîné devant
le tribunal du proconsul, qui le condamna au dernier
supplice. On lui suspendit au cou une ancre de navire et
on le jeta à la mer. Ce martyre fut consommé l'an 100
de l'ère chrétienne, dans la petite île de Leuca, à l'em-
bouchure du Dniéper, le Borysthène des anciens, au
nord de la Crimée.

Les chrétiens, qui avaient vu avec peine le martyre de
leur saint missionnaire, demandèrent au ciel, avec force
prières, de leur faire retrouver le corps de saint Clément.
Après leur oraison, la mer se retira plus d'une grande
lieue loin, et ils purent se précipiter, comme autrefois les
Israélites, dans son lit desséché. Là, ils trouvèrent une
chapelle, et dans cette chapelle un tombeau où était le
corps du saint, avec l'ancre qui lui avait été attachée au
cou. Et sept jours après, la mer, refluant vers l'endroit
qu'elle avait quitté, recouvrit de nouveau le corps de
saint Clément.

Et ce miracle se renouvelait chaque année, durant sept

jours, à époques fixes, du 23 novembre, jour de son martyre, au 30 du même mois.

Et ce prodige, à échéance fixe et annuelle, attirait des multitudes immenses. Une année, une mère, surprise par l'arrivée de la mer, n'eut que le temps de fuir, oubliant par mégarde son enfant sur le tombeau du martyr. Cet enfant fut amèrement pleuré. L'année d'après, la mère revint au pèlerinage, et, comme elle passait près du tombeau du saint, elle retrouva son enfant qui n'était qu'endormi. Et comme elle pressait sur son cœur cet enfant qu'elle avait tant pleuré, et que la foule émue demandait au petit enfant ce qu'il avait fait durant toute une année, il répondit qu'il ne se souvenait de rien, ayant dormi tout le temps.

Ce miracle est rapporté par saint Ephrem, évêque de la Chersonèse, et par Grégoire de Tours. (Voir Ribadeneira, *Vie des Saints*, 11e vol., pp. 386 et 387.) Le savant Baronius, dit que « c'est là un des miracles les « mieux établis ».

Sous l'empereur Michel Ier (811), un prêtre, nommé Philippe, avait reporté le corps de saint Clément à Cherson. C'était là qu'il se trouvait lorsque saint Cyrille, l'apôtre des Slaves, le prit avec lui en partant pour Rome (866). Adrien II fit déposer ses restes glorieux dans la maison de la région Cœlimontana, où il était né, et qui était convertie en église. Saint Cyrille, étant mort à Rome, fut enseveli par Méthode, son frère, à côté de saint Clément.

C'est une côte du saint pape qu'on possède à Venerque.

Office. — La messe de saint Clément est propre et se trouve au 23 novembre.

Vêpres : Comme au commun d'un martyr.

Oraison. — Seigneur, vous qui nous comblez de joie par la solennité annuelle du bienheureux Clément, votre pontife et martyr, accordez-nous, dans votre bonté, d'honorer la naissance au ciel de votre saint, et d'imiter le courage de sa sainte passion.

SAINT FLAVIEN

CONSUL, MARTYR (AN 95) SOUS DOMITIEN

(Fête, le 22 juin.)

————

Dans le même reliquaire, et à côté de la relique de saint Clément (une côte), se trouve la relique de saint Flavien, consul, son parent; saint Flavien n'est point porté dans le martyrologe et dans les écrits hagiologiques anciens, par la raison que ses reliques et son nom ne furent retrouvés qu'en 1725, sous le maître-autel de la basilique de Saint-Clément. Benoît XIII, qui était alors pape, procéda, aux applaudissements du monde catholique, à la reconnaissance de ce trésor et exposa ses restes précieux à la vénération des fidèles.

La juxtaposition des deux reliques de saint Flavien et de saint Clément dans notre reliquaire est une allusion frappante au fait providentiel que nous venons de relater et indique clairement qu'elles furent détachées ensemble du trésor conservé à Rome.

Saint Flavien était cousin germain de l'empereur Domitien. Il avait pour nièce Flavia Domitilla, cousine de saint Clément ; elle fut admise par le chef de l'Eglise au vœu de virginité, ce qui explique avec d'autres motifs invoqués plus haut le décret de bannissement dont il fut frappé par Vespasien.

Flavien jouit longtemps des faveurs impériales ; Domitien l'appela même à partager avec lui le pouvoir souverain comme consul. Par acte public, il avait même décidé que les enfants de Flavien, à qui il fit porter les noms de Domitien et de Vespasien, seraient appelés à lui succéder au trône ; mais, par une versatilité assez commune chez les âmes païennes ne respirant que la haine des chrétiens, à peine eut-il appris que Flavien son cousin avait embrassé la vie chrétienne, qu'il lui ôta les faisceaux et le mit en jugement.

Ce jugement ne se fit pas attendre et Flavien eut la tête tranchée.

Suétone nous donne le motif invoqué pour cette ignoble et scélérate condamnation. A cause de ses attaches à la religion chrétienne, Flavien devait forcément s'éloigner de toutes les cérémonies publiques, surtout des jeux de l'amphithéâtre, qui, d'après les institutions romaines, revêtaient toujours des formes idolâtriques ; aussi Suétone indique-t-il qu'il « fut condamné à la peine capitale » sous ce vain prétexte, qu'il « était d'une réserve trop dédaigneuse, *contemptissimâ inertiâ* ». Ces paroles, que l'historien romain essaie d'imprimer au front du noble martyr comme une flétrissure, sont pour lui comme un beau titre de gloire, et se retournent avec une grande force contre le fanatisme du païen Suétone.

Pour nous, qui lisons ces lignes, réservons notre admiration pour saint Flavien et cherchons à imiter son attachement à la foi de Jésus-Christ.

SAINT VITAL

MARTYR (AN 64) SOUS NÉRON

(Fête, le 28 avril.)

Les reliques de saint Vital accompagnent encore les
reliques de saint Clément et de saint Flavien. Il fut
victime du premier édit de persécution générale, lancé
par Néron contre les chrétiens. Néron était bien digne
d'ouvrir l'ère des persécutions et de voir son nom figurer
le premier dans la série des persécuteurs couronnés. Il
avait à son actif des crimes qui le voueront éternellement
à l'exécration de la postérité. Non content d'avoir fait
périr sa mère Agrippine, il fut encore le bourreau de
toutes ses femmes successives; il noya lui-même Crispinus,
son beau fils, et, sans pitié pour Sénèque, qui l'avait
initié aux belles-lettres, il obligea son maître à s'ouvrir
les veines. Tous les emplois plaisaient à cette âme sordide;
il montait sur les tréteaux à ses heures et se faisait
cocher dans les jeux du cirque; c'est le grave Tacite qui
consigne tous ces détails. Comme passe-temps, il voulut
se donner le luxe exquis de mettre le feu aux quatre

coins de Rome, le 20 juillet 64, et, pendant que Rome brûlait tout entière, car sur quatorze quartiers quatre seulement restèrent debout, Néron, du sommet d'une tour, contemplait ce sinistre spectacle et célébrait ses prouesses scélérates en chantant sur sa lyre d'or un poème élégiaque, de sa façon, sur la ruine de Troie. Comme digne couronnement de ce forfait, il s'avisa de jeter l'odieux de cette calamité publique sur les chrétiens, et lui-même, de cette main qui avait allumé l'incendie, signa un édit de proscription générale. Et, dans tout l'empire, on ne vit bientôt que chrétiens égorgés. Jamais Satan n'avait trouvé un tel complice, ou du moins un pareil chef-d'œuvre de sa méchanceté infernale.

En dessinant le portrait de ce triste personnage, nous n'avons pas outré les couleurs; nous avons voulu, par la physionomie d'un seul, faire connaître aussi ce que valent d'ordinaire ceux qui persécutent notre sainte religion.

A cette époque néfaste, vivait à Ravenne (Italie) un noble chevalier du nom de Vital : c'est le nom de notre saint. Il était marié à sainte Valérie et père des saints Gervais et Protais; tous les quatre sont honorés comme martyrs. Quelle heureuse et rare famille !

Un jour, qu'on menait au supplice un médecin chrétien du nom d'Ursicin, saint Vital se mêla à la foule. Vaincu presque par les tourments atroces qu'on lui faisait endurer, Ursicin était prêt à apostasier. Ému par ce

spectacle, Vital élève la voix : « Malheureux! s'écrie-t-il,
« c'est au moment où Dieu se dispose à te couronner
« que tu renonces à ta foi? Reprends donc courage et
« regarde du côté du ciel. » Ranimé par ces paroles,
Ursicin reprend une noble assurance; il affirme sa foi
avec une énergie nouvelle, et le martyre vient récom-
penser sa foi.

Après cela, Vital enlève adroitement le corps du
martyr et lui donne la sépulture de ses propres mains.

Le juge, nommé Paulin, avait vu et entendu Vital.
Connaissant sa foi chrétienne, il le fait avertir d'avoir à
renoncer à sa religion : « Renonce, au contraire, à tes
« vaines idoles, reprend fièrement Vital. C'est moi qui
« suis dans la vraie voie; c'est toi qui es dans la voie
« mauvaise. » Le juge, irrité, fait étendre Vital sur le
chevalet : c'était un instrument de supplice en bois,
ayant la forme d'un cheval, muni de roues à l'avant et à
l'arrière, tournant les unes et les autres en sens opposé,
de telle sorte que le patient qui y était attaché avait
incontinent ses membres déchirés et disloqués. Vital
souffrit cette torture, bénissant toujours le saint nom de
Dieu. Enfin, de guerre lasse, le juge le fait amener au
lieu même où Ursicin avait péri, et là, après mille
objurgations inutiles, il fait creuser une fosse profonde
et béante, y fait précipiter le saint et l'ensevelit vivant.

Telle fut la digne fin de saint Vital.

Quelle force d'âme et quel exemple d'énergie pour les
âmes si lâches de nos jours, qui n'osent pas pratiquer

leur foi s'ils se sentent menacés, je ne dis pas du cheva-let, mais seulement d'une parole ironique ou d'un petit rire sarcastique. Quel bel exemple encore pour les chefs de famille! Bienheureux Vital, donnez donc un peu de force aux chrétiens de nos jours.

Office. — Messe : *Protexisti*. Au commun des martyrs, temps pascal.

Oraison. — Dieu tout-puissant, faites-nous la grâce, à nous qui honorons la naissance au ciel de votre glorieux martyr saint Vital, d'être fortifiés par ses prières dans l'amour de votre saint nom.

SAINT CLAUDE

(Fête, le 8 novembre.)

Claude était sculpteur de son état ; il travaillait à Rome, sous la direction de Symphorien, avec Castor et Nicostrate (1). Ribadeneira place leur martyre vers l'an 303, l'abbé Darras à l'an 288, sous l'empereur Maximien ; nous adoptons cette dernière version.

Ces ouvriers étaient d'une si grande habileté, que Dioclétien, qui avait quitté son palais de Nicomédie pour venir à Rome, pendant que son collègue Maximien était allé en Belgique combattre les Bagaudes, leur commanda une statue idolâtre. De peur que cette idole ne fût offerte aux adorations publiques, ces ouvriers se refusèrent à la faire. Devant ce refus, ils furent arrêtés. Le tribun Lampade les fit flageller avec des verges hérissées d'épines qu'on nommait scorpions et dont chaque coup laissait un sillon de sang sur la chair. Ce supplice ne put vaincre leur attachement à la foi. L'empereur fit alors préparer des cercueils de plomb où il fit enfermer les martyrs,

(1) La basilique de Saint-Sernin possède des reliques de chacun de ces martyrs ; Venerque n'en possède que de saint Claude.

puis il les fit jeter au fond du Tibre. Quarante-deux jours après, un chrétien, du nom de Nicomède, chercha les saintes reliques des saints et les ensevelit honorablement dans sa maison (1).

Notons quelques détails sur les deux empereurs Dioclétien et Maximien.

Maximien régnait à Rome quand saint Claude fut martyrisé. Élevé au pouvoir par Dioclétien (1er avril 286), il reçut en partage l'empire d'Occident, tandis que Dioclétien gardait l'empire d'Orient avec Nicomédie pour capitale. Maximien n'était qu'un soldat parvenu. Arrivé au pouvoir, il commença par s'affubler des noms de *Marc-Aurèle Valérius;* puis il se fit encore appeler *Hercule.* Cette buffleterie grotesque prouve la bassesse de son âme. Comme comble de bouffonnerie, l'histoire dit qu'en prenant congé de Dioclétien, qui venait de l'associer à l'empire, il s'arma d'une massue, à l'exemple d'Hercule, son homonyme, se promettant bien d'abattre les têtes de tous les chrétiens. Disons encore, pour ajouter au grotesque, que Dioclétien avait daigné accepter le nom de *Jupiter-Jovius.*

Maximien tint parole, car presque toutes les Eglises du monde lui doivent des martyrs. La Cilicie, l'Arabie, la Suisse, où il fit exterminer la légion Thébaine, l'Espagne, toutes les provinces des Gaules, les deux

---

(1) Sainte Foy et notre glorieuse Alberte furent martyrisées sous Maximien. (Voir plus haut.)

Germanies, la Grande-Bretagne, furent tour à tour le théâtre sanglant de ses fureurs homicides.

A Rome, au siège même de son empire, il fit immoler des milliers et des milliers de chrétiens.

L'an 303, le 23 février, Dioclétien, qui, non content du surnom de Jupiter, avait voulu encore qu'on le désignât sous le titre de *Votre Éternité*, sans doute parce que, à quelques années de là, déchu de l'empire et des honneurs, il devait se laisser mourir de faim après avoir vomi sa langue dévorée par les vers, lança un édit de persécution contre les chrétiens. Alors s'ouvrit l'ère dixième de la dernière persécution générale.

Notification fut faite à Maximien de ce décret de persécution et il l'accueillit avec une joie féroce. Et de nouveau, comme il le disait effrontément, il laissa tomber sa massue d'Hercule sur les chrétiens ; seulement, l'an 310, elle tomba sur lui, car il se poignarda misérablement de sa propre main.

Ainsi meurent les persécuteurs de l'Église.

La persécution dite de Dioclétien-Jupiter et de Maximien-Hercule fut la plus sanglante. Elle dura neuf ans. On a compté que dans un seul mois dix-sept mille chrétiens furent immolés. Les Bollandistes, dans leurs soixante volumes in-folio, n'ont pu réussir à supputer le nombre des martyrs (1).

Et les païens, qui croyaient en finir avec la religion

---

(1) *Histoire de l'Église*, par Darras.

chrétienne, virent, au contraire, le nombre des chrétiens se multiplier. Le glorieux Constantin, le beau-père même de l'infâme Maximien, se fit baptiser et eut le premier le mérite de faire asseoir la religion du Christ sur le trône des Césars.

SAINT TIBURCE ET SAINTE SUZANNE

MARTYRS

(Fête, le 11 août.)

Le Bréviaire romain, au 11 août, a uni ces deux saints dans une même légende. La raison nous en échappe, puisque, d'après Ribadeneira et Darras, qui n'ont fait que suivre les anciens martyrologes, ces deux saints n'ont été martyrisés qu'à neuf ans de distance : saint Tiburce en 286, et sainte Suzanne en 295. Est-ce parce qu'ils appartenaient tous les deux aux premières familles de Rome, et que le jour de leur martyre et de leur triomphe est fixé pour tous les deux au même jour, qu'on a uni leurs mémoires? C'est plus que probable.

SAINT TIBURCE (1)

Saint Tiburce, Romain, était fils du sénateur Chromace, ancien préfet de Rome. Ce Chromace fut converti

(1) A l'occasion des reliques de saint Tiburce et de sainte Suzanne, voici ce que nous avons trouvé dans les registres de

par saint Sébastien, et avec lui se convertit sa famille, ses clients et ses esclaves, au nombre de quatorze cents personnes. C'est au milieu de cette tribu chrétienne que le pape saint Caïus allait célébrer les saints mystères et distribuait à ces néophytes le corps de Jésus-Christ.

Le moment de la persécution arrivait. Chromace se retira dans ses terres de Campanie et Tiburce resta à Rome. Dénoncé par un faux frère soudoyé par la police impériale, Tiburce est arrêté et amené devant les juges.

— Tu es un infâme, dirent les magistrats, de ne pas adorer les dieux de l'empire!

— Infâmes vous-mêmes! répliqua avec sang-froid saint Tiburce. Quoi! parce que je refuse d'invoquer une prostituée comme Vénus, un incestueux comme Jupiter, un fourbe comme Mercure, un bourreau de sa famille comme Saturne, je déshonore ma race et je suis un infâme! Arrière cette accusation! je la retourne contre vous!

Et Tiburce eut la tête tranchée.

Ces événements se produisaient l'an 286.

Venerque, sous la signature de l'abbé Roux, curé de cette paroisse de 1629 à 1680 : « L'an 1657 et le 19 septembre, arrivée à Venerque « de M. de Flous, grand vicaire. Il visita les reliques du glorieux « corps de saint Fédari et puis les reliques de saint Tiburce et de « sainte Suzanne, de saint Cyr et de sainte Julitte, martyrs. Une « autre visite des reliques avait été faite auparavant, l'an 1635, au « mois de mai, par Mgr Charles de Montchal. Étant curé depuis « 1629, j'ai assisté à ces deux visites. Les reliques sont dans un « coffret de cuivre garni de pierres carrées et autres pierres. »

SAINTE SUZANNE (1)

Suzanne était à la fois et la nièce de l'empereur Dioclétien et la nièce du saint pape Caïus. Son père, du nom de Gabinius, frère du saint pape, ayant perdu sa femme,

---

(1) A la page 58, nous avons énoncé avoir trouvé dans le reliquaire de saint Phébade des reliques de saint Tiburce, de saint Cyr et de sainte Julitte ; mais, d'après la note de l'abbé Roux, nous aurions dû trouver aussi celles de sainte Suzanne. D'où vient qu'elles ne se trouvaient pas avec les autres? Qu'étaient-elles devenues? A cela nous avons à donner une réponse qui nous paraît péremptoire.

Avant d'avoir pris connaissance des documents fournis par l'abbé Roux, nous avions trouvé, dans un voile de soie reposant dans le coffret en bois doré qui sert comme d'enveloppe ou d'étui au reliquaire de saint Phébade, des ossements sans suscription. Nous ne savions à qui les attribuer ; nous avons trouvé la réponse dans l'abbé Roux.

Durant les visites faites par l'Ordinaire aux saintes reliques, il a dû arriver que l'indication ou suscription sur papier simple adhérente aux reliques de sainte Suzanne s'est détachée et perdue. Plus tard, quand d'autres visites ont été faites, l'Ordinaire, se trouvant en présence de reliques innommées, a dû, comme c'était son devoir, les séparer, tout en les respectant. Or, ces choses seraient-elles arrivées si on s'était inspiré des documents consignés par l'abbé Roux dans les registres de la paroisse? Évidemment non. On ne consulte pas souvent neuf registres in-folio avec une pagination incommensurable.

Pour nous, appuyé sur l'autorité d'un saint prêtre qui a passé cinquante et un ans à la cure de Venerque, il nous semble qu'il serait téméraire d'hésiter à reconnaître dans ces reliques celles de sainte Suzanne.

s'engagea dans les ordres sacrés et devint un saint prêtre.
Il eut le bonheur de mourir martyr, mais quelques mois
après avoir vu sa sainte fille Suzanne le précéder au ciel,
avec la même couronne et la même palme.

Dioclétien rêvait pour Suzanne une alliance des plus
hautes; il aurait voulu la donner pour épouse à l'empereur Galère, dont il a été question; mais l'événement
trompa ses espérances : la jeune fille avait juré de n'appartenir qu'à Jésus-Christ. Ici, laissons la parole à l'abbé
Darras, le savant auteur de l'*Histoire de l'Église* (t. VIII,
ch. VII, p. 552).

Dioclétien confia la négociation du mariage de la jeune
Suzanne à l'impératrice Prisca. Celle-ci, qui était chrétienne aussi, manda près d'elle la jeune vierge. Pendant
quelque temps, les deux princesses prièrent ensemble,
assistèrent aux assemblées des fidèles, attendant en
silence que la volonté impériale se produisît plus nette-
ment. Un jour, disent les Actes, Curtius, familier de
Dioclétien, vint trouver l'impératrice : « Mon auguste
maître, dit-il, compte célébrer demain les noces de
Suzanne avec le césar Galérius. — Il faudrait auparavant,
répondit Prisca, consulter la jeune fille. Jusqu'ici, elle ne
me semble avoir aucun attrait pour le fiancé qu'on lui
destine. » Suzanne, informée de ce qui venait de se passer, versa un torrent de larmes et protesta à l'impératrice
qu'elle mourrait plutôt que de trahir ses serments. Dioclétien, irrité, donna l'ordre de la chasser du palais et de
la renvoyer dans la maison de son père. Suzanne prit

congé de Prisca qui la bénit en disant : « Allez, ma fille ! Le Dieu qui sauva jadis la juive Suzanne, protègera la Suzanne chrétienne. » Cependant Dioclétien ne comprenait pas cette obstination de jeune fille. « Comment, disait-il à Prisca, vous n'avez pu déterminer Suzanne, un modèle de douceur et de sagesse, à un mariage qui comblait tous mes vœux ? » L'impératrice, pressée par les instances de son époux, finit par avouer que Suzanne était chrétienne et qu'elle avait fait vœu de virginité. « N'est-ce que cela ? reprit Dioclétien ; je saurai y pourvoir. » Il manda un de ses officiers, Macédonius, païen exalté, et lui dit : « Suzanne est rentrée sous le toit paternel ; il s'agit de la circonvenir et de l'amener doucement à sacrifier aux dieux. Point de publicité ni de bruit ; va. » Macédonius se rendit à la maison du quartier de Salluste, habitée par la jeune vierge. Il portait une statuette d'or de Jupiter Capitolin, posée sur un socle enrichi de diamants. « L'empereur me charge, dit-il, de vous remettre ce présent. Adorez le dieu de César. » La statuette d'or et son trépied furent immédiatement jetés par la fenêtre et vinrent se briser sur le pavé de la place, à la vue des passants ébahis. Cette scène, qui fut immédiatement rapportée à Dioclétien, l'exaspéra. Il projetait déjà d'anéantir la religion de Jésus-Christ, parce que Jésus-Christ lui paraissait un rival à craindre. Ne savait-on pas que Dioclétien commençait à prendre au sérieux son rôle de dieu vivant ? Irrité de voir une jeune enfant mépriser ses ordres : « Va, dit-il à Macédonius ; d'un coup de poignard, va donc me débarrasser de cette fanatique. Quelques instants après, Macédonius paraissait de nouveau devant l'héroïque vierge et, de son glaive, lui trancha la tête.

L'impératrice, la nuit venue, se fit un devoir d'aller étancher le sang de la jeune vierge et de faire ensevelir son corps.

Oraison. — Que vos saints martyrs Tiburce et Suzanne nous protègent toujours, ô mon Dieu ! car vous ne pouvez que regarder favorablement ceux qui mériteront la bienveillance de ces grands saints. Ainsi soit-il.

SAINT GAUDENS

MARTYR

(Fête, le 30 août.)

———

Saint Gaudens, qui a donné son nom à notre principal chef-lieu d'arrondissement, naquit dans cette ville ; elle portait autrefois le nom de Mas-Saint-Pierre.

Au Ve siècle, les Visigoths étaient établis à Toulouse, et Euric était leur roi ; c'est sous son règne qu'on place le martyre du jeune Gaudens ; ce qui n'est point étonnant, quand on saura que, pour se frayer la voie au trône, Euric avait fait assassiner son frère, Théodoric II, l'an 466. Les peuples visigoths, venus du Nord, étaient ariens ; de là leur haine pour la vraie foi.

Toulouse et l'Aquitaine ne suffisant pas au roi des Visigoths, il sentit le besoin d'agrandir sès Etats, et le succès de ses armes fut si grand, que sa domination dans les Gaules s'étendit, d'un côté jusqu'à la Loire, et de l'autre jusqu'au Rhône. Avec une puissance si grande, il sentit le besoin de mettre partout des lieutenants. Celui qu'il envoya au Mas-Saint-Pierre fut un soldat, nommé

Malet. Ce soldat rencontra un jour, gardant un troupeau, un enfant de douze ans, chrétien fervent, et appelé Gaudens. Ce soldat de fortune était-il arien comme son maître ou attaché aux pratiques païennes? On l'ignore; ce qu'il y a de sûr, c'est qu'il essaya de le faire renoncer à sa foi. Ne pouvant arriver à son but, il lui trancha la tête. Une pieuse tradition prétend que ce saint enfant, prenant sa tête entre ses mains, vint se réfugier à l'église du Mas-Saint-Pierre. Les reliques de ce pieux enfant furent religieusement conservées.

L'an 1315, la ville de Saint-Gaudens célébra une fête splendide pour la translation de ces saintes reliques; l'an 1443, elles furent renfermées dans une châsse d'argent; l'an 1506, elles furent de nouveau examinées canoniquement et placées dans un reliquaire en airain. Par crainte des protestants et de leur chef, Montgomery, qui, en 1569, pilla et saccagea Saint-Gaudens, une partie des reliques fut portée dans l'église de Mondavezan. Et ce fut bien fait, car ce qui restait à Saint-Gaudens des reliques du saint enfant fut livré au feu par les religionnaires; c'est à peine si on put soustraire de très petites parcelles à la voracité des flammes. Ce sont ces reliques préservées de l'incendie que l'évêque de Comminges, Mgr Gilbert de Choiseul, fit renfermer dans un reliquaire en argent, en l'année 1661.

Office. — Messe comme au commun d'un martyr non pontife : *In virtute tua...*

Oraison. — Nous vous en supplions, Seigneur, donnez aux membres de votre Eglise, par l'intercession du jeune martyr saint Gaudens, de ne point s'appuyer trop sur une prudence exagérée, mais de marcher dans une humilité qui vous est agréable, afin que, foulant aux pieds les choses vaines, ils puissent pratiquer, dans une charité vraiment libre, tout ce qui est juste et bon. Ainsi soit-il.

Les reliques du jeune saint Gaudens, une petite côte, sont, avec celles des saints Clément, Flavien, Claude et Vital, renfermées dans un superbe reliquaire en bois sculpté et doré, donné à Venerque par Mᵍʳ Castillon, alors curé de cette paroisse, et élevé dans la suite au siège de Dijon.

SAINT CYR ET SAINTE JULITTE

MARTYRS

(Fête, le 16 juin.)

Dans la première partie de ce travail, il a été dit comment on avait pu faire authentiquer les reliques de saint Cyr et de sainte Julitte, ainsi que celles de saint Tiburce. Ayant dit ce que nous pensions à l'endroit de saint Tiburce, il nous reste à parler de saint Cyr et de sainte Julitte.

C'était l'an 305. Les deux empereurs Dioclétien et Maximien, que nous avons fait connaître, avaient été obligés de résigner le pouvoir.

Galère régnait alors en Orient (1) ; c'était le démon de la férocité incarnée. Son agréable passe-temps était de nourrir des ours, qu'il se plaisait à décorer de ses multiples noms. Et, pendant qu'il se livrait aux plaisirs de la table, sa jouissance était de faire jeter les chrétiens à ses bêtes et d'entendre broyer leurs membres palpitants.

(1) Voir Darras (t. VIII, p. 608).

Un autre tourment de son invention était de faire attacher
les chrétiens à un poteau et de leur mettre un feu lent
sous la plante des pieds, jusqu'à ce que les chairs torré-
fiées se détachassent des os. Alors encore, avec des
torches, on leur rôtissait successivement chacun des
membres, pour que rien ne restât intact sur tout leur
corps. Et, par un dernier raffinement de barbarie et afin
que leur supplice se prolongeât, on avait soin d'injecter
une eau fraîche sur leur tête et d'humecter leurs lèvres,
et l'intérieur de leur bouche. On vit de pauvres victimes
résister des journées entières à ces tortures. Et Galère
s'abreuvait à longs traits de leurs souffrances.

Galère eut une mort digne de tels forfaits. Il mourut,
abandonné de Dieu et des hommes, l'an 310. Avant de
mourir, il recommanda sa femme Valérie et son fils
Candidien à Licinius, qu'il avait fait César; et celui-ci
n'eut rien de plus pressé que de les faire égorger. Et
voilà, dirai-je encore, comment meurent les persécuteurs
de l'Eglise.

Sainte Julitte et saint Cyr étaient d'Icone, ville de
Licaonie, dans la Phrygie (Asie Mineure), de noble race
et maison royale. Le comte Domitien, gouverneur de
cette province, exerçait alors sa rage contre les chrétiens,
sous l'inspiration de Galère, son empereur. Fallait-il
affronter la haine de ce gouverneur? Julitte ne le crut
pas. Se souvenant des paroles de Notre-Seigneur : « Si
« l'on vous persécute dans une ville, fuyez dans une
« autre, » elle prit avec elle son petit saint Cyr, et se

retira à Séleucie, dans l'Assyrie ; de là elle passa à Tarse, en Cilicie, sur le Cidnus (Asie Mineure).

A peine y fut-elle arrivée que le gouverneur Alexandre, averti qu'elle était chrétienne, la fit mander devant lui.

— Qui êtes-vous, et de quel pays êtes-vous ? lui dit le gouverneur.

— Je suis chrétienne, répondit Julitte.

Le gouverneur essaya bien, par toutes sortes de promesses, d'obtenir de Julitte une rétractation de sa foi chrétienne. Ne pouvant y réussir, il la fit cruellement flageller à coups de nerfs de bœuf.

Et pendant cette flagellation, le tyran, prenant dans ses bras le petit saint Cyr, à peine âgé de quatre ans, le comblait de caresses. Mais l'enfant, voyant meurtrir sa mère, ne voulait pas de ses caresses. Il cherchait à lui échapper pour rejoindre sa mère, et, ne pouvant y réussir, il se démenait avec force, frappait le tyran, lui griffait le visage, lui arrachait sa barbe ; et, toutes les fois qu'il entendait sa mère crier : Je suis chrétienne ! se tournant vers son bourreau, il lui criait : Je suis chrétien ! Transporté de rage, le juge prend l'enfant par un pied, et, le faisant tournoyer, il lui brise la tête contre les marches du tribunal.

Julitte versa des larmes devant la mort de son enfant, mais se résignant aussitôt devant cette mort glorieuse voulue par Dieu : « Ne pense pas, s'écria-t-elle, en « s'adressant au tyran, m'épouvanter par cette mort « horrible, mais heureuse ; tes supplices non plus ne

11

« pourront rien sur moi; je suis et je serai toujours
« chrétienne. »

Le juge fit alors déchirer le corps de Julitte avec des
ongles de fer, puis il fait verser sur ses pieds de la poix
en ébullition. Et, durant ces horribles tortures, un crieur
lui disait : « Mais sacrifie donc aux dieux? — Vos dieux
« ne sont que des démons; moi, j'adore et j'adorerai
« Jésus-Christ. »

Et alors le gouverneur ordonna de la décapiter.

Et au moment où on la menait au lieu de l'exécution,
Julitte, priant Dieu, lui disait : « Merci, ô mon Dieu ! de
« ce que mon enfant m'a précédé au ciel; daignez aussi
« m'y recevoir, bien que j'en sois indigne. »

Office. — Messe au 16 juin.

Prière. — Nous supplions, Seigneur, votre divine piété,
de vouloir bien nous accorder, pendant que nous honorons
la passion de saint Cyr et de sainte Julitte, sa mère, la
rémission de tous nos péchés.

SAINTE CATHERINE D'ALEXANDRIE

VIERGE ET MARTYRE

(Fête, le 25 novembre.)

Sainte Catherine était de race royale; elle naquit à Alexandrie, en Egypte. Elle était d'une beauté remarquable, rehaussée par toutes les grâces de la pureté la plus virginale. Ajoutons encore qu'elle était d'une rare distinction, d'une intelligence élevée, possédant à fond les secrets des sciences et des belles-lettres. Elle n'était pas encore baptisée que la sainte Vierge lui apparut tenant l'Enfant Jésus dans ses bras; et, comme l'Enfant Jésus présenté à Catherine par sa sainte mère détournait d'elle ses regards, parce qu'elle n'était pas ornée des grâces du baptême, Catherine comprit l'avertissement et se hâta de se faire chrétienne. Et, quand l'eau du baptême l'eut décorée des grâces célestes, Jésus lui apparut une seconde fois, et, en présence de son auguste Mère, des anges et des saints qui étaient venus du ciel en grand nombre, il lui passa au doigt l'anneau de la virginité. Ce nom de Catherine semble prédestiné à ces grâces privilégiées, car sainte Catherine de Sienne reçut plus tard la même faveur.

Maximin, qui de pâtre était parvenu empereur, régnait en l'an 307. En haine des chrétiens, et pour faire contraste sans doute à l'empereur Galère, qui venait d'édicter en Occident un décret de pacification, il commanda à ses peuples, à un jour donné, d'offrir des sacrifices aux dieux de l'empire, menaçant de mort ceux qui se montreraient réfractaires à ses ordres. Catherine, avec une suite nombreuse et digne de son rang princier, alla trouver elle-même l'empereur dans le temple de ses divinités : « Qu'est-ce que j'entends dire de vous, ò empe- « reur ! Est-il bien vrai que vous ayez ordonné de sacri- « fier aux idoles, sous peine de mort ? Que sont donc vos « idoles, qu'une matière pétrie ou sculptée par la main « des hommes ? Que sont vos divinités, que la personni- « fication de tous les vices ? Vous abusez de votre pouvoir « souverain, en exigeant des honneurs pour ces vains « simulacres. Il n'y a qu'un Dieu, qui est au ciel ; c'est « de lui que vous tenez votre puissance ; c'est lui qui « vous a créé et racheté ; n'adorez et ne faites adorer « que lui. »

L'empereur fut bouleversé par ces paroles ; néanmoins il la fit accompagner au palais qu'elle habitait avec les honneurs dus à son rang, et, le jour suivant, il lui rendit visite en personne. Dans cette visite, l'empereur fut ravi de la distinction de ses manières et de son esprit. N'osant discuter avec la sainte, il eut la pensée de réunir ce que nous appellerions aujourd'hui un congrès de toutes les sommités savantes de l'empire, pour discuter avec elle des plus hautes questions de théologie et de philosophie. Cinquante savants furent convoqués pour cela. Au jour convenu, Catherine parut devant la docte assemblée, comme saint Paul avait paru, autrefois, devant l'aréopage athénien. La discussion, qui avait été confiée au plus docte de tous, fut brillamment conduite. Les arguments les plus pressants furent dirigés contre la doctrine de notre foi; mais Catherine eut réponse à tout; elle soutint, sans se laisser ébranler, le choc de ses adversaires. Devenant aggressive à son tour, elle n'eut pas de peine à démolir les arguments du paganisme. Transportant ensuite la discussion sur le terrain du christianisme, elle sut si bien établir les bases sur lesquelles il repose, elle révéla si éloquemment la beauté de sa doctrine et de sa morale, développa avec tant de chaleur, de force et de conviction les principes de sa foi religieuse, qu'elle eut le succès inouï jusque-là, non pas seulement de terrasser ses adversaires, mais d'amener de telles clartés dans leur esprit, qu'ils renoncèrent tous à leurs idoles et se convertirent.

La dernière conclusion de ce débat contradictoire fut que l'irascible empereur fit périr par les flammes tous les membres de cette imposante assemblée.

L'empereur, après cela, fit venir Catherine; il essaya, par les promesses les plus séduisantes, d'abaisser ce caractère et de la conduire à l'apostasie; il essaya, comme dernier argument, des menaces les plus épouvantables, mais ce fut en vain. « Faites selon votre bon plaisir, « reprit Catherine ; les tourments que vous pouvez « m'infliger auront une fin, tandis que la récompense « que j'attends du ciel n'en aura point. La vérité chré- « tienne que je professe a vaincu les plus fières intelli- « gences jusque dans cette Alexandrie dont les écoles « rivalisent avec celles d'Athènes ; bientôt, je l'espère, « elle réussira à forcer les portes de votre palais. »

Catherine prophétisait vrai, car, à quelques jours de là, l'impératrice, qui était allée la voir dans la prison où Maximin avait fait jeter la sainte, se convertit avec Porphyre, le capitaine des gardes du palais, et deux cents soldats.

Maximin, qui dans sa vie militaire avait gagné des batailles, souffrait de se voir vaincu par une jeune vierge. Pour venger sa défaite, il la fit battre cruellement de verges durant deux heures. Le corps de la jeune victime n'offrait plus qu'une plaie béante et qui arrachait des larmes à tous les assistants. Seul Maximin ne fut pas ému, et, après ce supplice, il la fit jeter dans une fosse profonde, défendant de lui donner à manger, voulant la laisser mourir de faim. Dieu, qui se joue des desseins des hommes, permit qu'un ange vînt cicatriser ses plaies et qu'une colombe lui apportât sa nourriture de chaque jour.

Après douze jours de ce quasi-ensevelissement, l'empe- reur, apprenant qu'elle était encore en vie, la fait mander et l'interroge de nouveau. Il fait miroiter devant ses yeux les plus brillantes perspectives, ne lui cachant pas qu'il pourrait mettre sur son front le plus beau diadème du monde. « Empereur ! s'écrie Catherine, offusquée de la liberté de telles promesses, la beauté du corps n'est rien : c'est la beauté de l'âme qui seule mérite d'être cultivée. » Devant de telles résistances, le tyran, qui n'avait que le génie du mal, fait édifier un instrument de supplice de son invention ; il l'avait armé de quatre roues hérissées toutes de dards aigus, de telle sorte qu'il suffisait d'un simple mouvement de rotation pour que le corps qui y était attaché fût déchiré en mille pièces. A peine Catherine y était-elle attachée, que les roues se brisèrent et que leurs éclats allèrent tuer plusieurs des assistants ; devant ce miracle, le plus grand nombre s'écriait : *Ah ! que le Dieu des chrétiens est grand !*

Dans le reliquaire de Venerque, sainte Catherine est représentée, sa couronne de princesse sur la tête, tenant, de la main droite une branche de lis, et de l'autre un tronçon d'une des roues du chevalet.

Le tyran ne se tint pas pour battu ; sa méchanceté inventive imagina encore d'autres supplices pour la faire mourir. Sur ces entrefaites, l'impératrice alla trouver son infernal époux : « Eh quoi ! lui dit-elle, n'avez-vous « pas honte de faire souffrir ainsi des victimes innocen- « tes ? Moi aussi, je suis chrétienne ; je suis prête à sceller « de mon sang ma foi en Jésus-Christ. — Retirez-vous ! » s'exclama le tyran. Et aussitôt il commanda qu'on tranchât la tête à l'impératrice son épouse, à Porphyre son capitaine des gardes et aux deux cents soldats qui s'étaient fait baptiser.

Et puis ce fut sainte Catherine qui eut la tête tranchée. La hache du bourreau avait à peine tranché la tête de la sainte, que de sa blessure jaillirent des ruisseaux de lait, au lieu de sang. Et de peur que ce corps ne demeurât en la puissance des bourreaux, ce que la sainte appréhendait, il fut porté par les anges sur le mont Sinaï, où ils l'ensevelirent. Dans la suite des temps, il sortait de ce tombeau une douce liqueur qui guérissait de toutes maladies. L'empereur Justin fit bâtir à cet endroit une belle église et un monastère ; c'est là que le corps saint est vénéré.

Outre Métaphraste, qui a écrit son martyre, les martyrologes romains de Bède et d'Adon en font mention, ainsi que le cardinal Baronius (t. III de ses *Annales*).

Les Grecs ont pour elle un culte particulier.

La relique que possède Venerque est parfaitement authentiquée.

En lisant le récit du martyre de sainte Catherine, qui ressemble à une épopée merveilleuse entre toutes les merveilles suscitées dans ces temps héroïques du christianisme, on se sent pris d'une admiration sans bornes pour cette sainte. Comme notre pusillanimité fait tâche devant tant de constance et d'héroïsme ! Je ne m'étonne pas que sainte Catherine soit devenue légendaire. Aujourd'hui, sainte Catherine la lettrée reste la patronne, la maîtresse ès-sciences en catéchisme, la maîtresse ès-lettres de l'alphabet pour nos jeunes écolières. C'est une tradition qu'il est de bon aloi de conserver.

Office. — Messe au commun des vierges martyres : *Loquebar*, etc.

Oraison. — Seigneur, notre Dieu, qui avez donné la loi à Moïse sur la cime du Sinaï, et qui, par le ministère des anges, avez placé au même lieu le corps de la bienheureuse Catherine, vierge et martyre, faites, nous vous en supplions, que, par ses mérites et son intercession, il nous soit donné d'arriver à ces hauteurs où règne le Christ. Ainsi soit-il.

SAINTE PHILOMÈNE

VIERGE ET MARTYRE

(Fête, le 10 août.)

Le corps de sainte Philomène fut découvert, le 5 mai 1802, à Rome, dans le cimetière de Sainte-Priscille. Son histoire est toute écrite sur la pierre qui fermait son sépulcre : on voyait sur cette pierre une ancre, une flèche, une palme, deux autres flèches, dont les pointes étaient tournées en sens inverse, et un lis, avec cette inscription : *Filumena, pax tecum !*

Avec ces symboles et à l'aide des révélations faites par la sainte depuis l'heureuse invention de son corps, révélations que l'Église déclare admettre quand elles méritent toute créance et qu'elles sont utiles au bien des peuples, on peut reconstituer ainsi l'histoire de la sainte.

Philomène était la fille d'un petit roi de Grèce, alors que ce pays était sous la domination romaine. Cette enfant fut donnée à son père comme par miracle, ce qui provoqua sa conversion ; et, à cause de cet heureux événement, l'enfant reçut le nom de Philomène, nom qui, en grec, signifie *Porte-lumière*.

Son père, obligé d'aller à Rome rendre hommage à Dioclétien, qui s'y trouvait, amena avec lui sa femme et Philomène. L'empereur leur donna audience, et comme il venait de faire périr l'impératrice Sérène, parce qu'elle était chrétienne, touché de la beauté de Philomène, il osa la demander en mariage. Philomène, par le vœu de virginité qu'elle avait fait, avait choisi son époux dans le ciel; aussi repoussa-t-elle ces offres impériales. En vain ses parents, flattés de cette haute alliance, prièrent-ils Philomène d'acquiescer à de si augustes désirs; elle demeura inflexible. Dioclétien la fit jeter dans un des cachots de son palais; chaque jour il venait l'obséder de ses demandes; Philomène n'écouta rien. Dieu et Marie daignaient la visiter à leur tour, et l'encourageaient dans ses pieuses résistances.

Le trente-septième jour de sa captivité, la Reine du ciel lui apparut, portant son Fils dans ses bras : « Courage, ma fille! Dans trois jours, tu verras la fin de tes maux ; tu auras beaucoup à souffrir, mais mon bon ange Gabriel te soutiendra. »

La prédiction se réalisa en effet. Le quarantième jour, Dioclétien, pour avoir raison de ses résistances, la fit si rudement flageller qu'on la transporta mourante dans son cachot; mais, la nuit venue, deux anges guérirent ses plaies.

Dioclétien la mande à son palais. Étonné de la voir guérie, il attribua cette guérison inespérée à son homonyme Jupiter. « Cessez ces plaisanteries, trop grossières ! »

reprit la sainte, et, profitant de l'occasion qui lui était offerte, elle fit une telle exposition de sa foi chrétienne que l'impérial interlocuteur resta sans réponse. Mais l'argument de la force lui restait; il lui fait attacher une ancre au cou et ordonne de la précipiter dans le Tibre. Les anges détachèrent l'ancre, et la portèrent saine et sauve sur la rive.

L'empereur ordonna alors à ses archers de la percer de leurs flèches; le corps de sainte Philomène en fut tout hérissé et son sang ruisselait de tous ses membres. En cet état, elle fut reportée en prison, et, durant un doux sommeil, les anges fermèrent de nouveau ses plaies. Pour la seconde, fois elle est exposée aux traits des archers; cette fois, au lieu d'arriver à leur but, les flèches se retournèrent contre les bourreaux et six d'entre eux furent tués.

Il fallait se venger de cette punition du ciel, et sainte Philomène eut la tête tranchée.

La dévotion à sainte Philomène est devenue très populaire; on l'honore principalement en Italie et dans notre Alsace, surtout depuis que le pape Grégoire XVI a autorisé son culte pour le monde entier. Des grâces sans nombre sont accordées par la sainte.

Dans le reliquaire de Venerque, sainte Philomène est représentée avec les attributs indiqués plus haut. Sur sa tête, elle porte la couronne des vierges; dans sa main gauche elle tient deux flèches, et dans sa main droite la palme du martyre; une ancre est à ses pieds. Sa relique, bien authentiquée, est portée par un ange à genoux, sous le piédestal qui sert de trône à la jeune vierge.

Office. — Au commun des vierges martyres : *Loquebar*, etc.

Oraison. — Seigneur, mon Dieu, qui, parmi les miracles de votre puissance, avez accordé la victoire du martyre au sexe le plus faible, accordez-nous, en honorant la naissance au ciel de votre bienheureuse Philomène, vierge et martyre, d'arriver à vous aidés de son puissant exemple.

SAINT ROCH

(Fête, le 16 août.)

Saint Roch naquit à Montpellier, en Languedoc, l'an 1295, de parents nobles et riches. Son père s'appelait Jean et était seigneur de cette ville, sa mère avait nom Libère. A l'âge de douze ans, saint Roch menait une vie des plus parfaites et des plus pénitentes. Ses parents étant morts, il vendit tout ce qu'il put des grands biens qu'il possédait, en donna l'argent aux pauvres et revêtit l'habit du Tiers-Ordre de saint François. Laissant après cela le gouvernement de sa seigneurie à un oncle, il partit pour l'Italie, en habits de pèlerin, pour visiter les saints lieux de Rome. Passant à Aquapendente et apprenant qu'une peste horrible sévit dans cette ville, il entra dans l'hôpital et se fait le servant volontaire des pestiférés ; il en agit ensuite de même à Rome, à Césène, à Plaisance, etc. Et, dans ces modestes fonctions d'infirmier, Dieu lui accorda le don des miracles ; car, bien souvent, en faisant le signe de la croix sur les malades, il les guérissait. Les dons de Dieu sont sans repentance ; néanmoins Dieu lui-même daigna l'aviser qu'il se plairait à l'éprouver, pour qu'il ne pût s'enorgueillir du don qu'il lui concédait d'opérer des guérisons sans nombre. C'est ainsi que saint Roch fut atteint par la *malaria* ou fièvres paludéennes, qui dévorèrent sa santé; plus tard, il lui arriva encore d'avoir la jambe percée de part en part d'une flèche. Quand il fut guéri, il se décida à revenir à Montpellier, toujours sous l'habit de pèlerin et en mendiant son pain de chaque jour. Il lui arriva un jour de traverser un bois très épais et d'une grande étendue. Soudain, il est pris d'un mal subit et c'est à grand peine qu'il peut se traîner sous un arbre. Il y serait mort de faim, si le bon Dieu n'avait eu soin de lui ; sa retraite fut devinée par le chien d'un gentilhomme voisin ; et ce chien, recueillant un morceau de pain de la table de son maître, le lui portait régulièrement chaque jour en quantité suffisante pour le sustenter. Ayant récupéré quelques forces, le pèlerin reprit le chemin de Montpellier. Quand il y arriva, la ville était dans le plus grand désordre, divisée qu'elle était par des factions hostiles. Saint Roch, pauvrement vêtu et tout déguenillé, fut saisi comme un espion et jeté dans les prisons de la ville. Saint Roch n'eut garde de se faire connaître. Pour recouvrer sa liberté et ses biens, il lui suffisait de se réclamer de l'autorité de son oncle, qui gouvernait la ville, il ne le fit pas ; il resta ainsi cinq ans dans les cachots jusqu'à ce que lui-même, saisi de la peste, rendit son âme à Dieu (1327), âgé de trente-deux ans.

Avant de mourir, il demanda à Dieu de lui continuer, après sa mort, pour ceux qui l'invoqueraient, la grâce de les guérir de la peste. Cette prière fut exaucée; en effet, sur sa dépouille mortelle, on trouva ces mots écrits : « Ceux qui seront frappés de la peste et imploreront la « faveur de saint Roch seront guéris. »

Ce nom de Roch fut une révélation pour son oncle et pour la ville entière. L'oncle ne pouvait se consoler d'avoir inconsciemment gardé sous les verroux d'une noire prison son propre neveu et un si saint personnage. Comme réparation, il lui fit rendre les honneurs les plus grands, auxquels prit part toute la population.

Saint Roch est invoqué dans les épidémies ; c'est encore sous son invocation, le lendemain de l'Assomption, le jour de sa fête (16 août), que se fait, dans nos contrées, la double bénédiction des bestiaux et des fruits de la terre. C'est à saint Roch que la ville de Montpellier doit d'échapper aux fléaux qui ravagent les autres villes ; on en a vu une preuve nouvelle dans l'épidémie de choléra dont cette ville fut préservée en 1884, alors que les villes voisines fournissaient un large contingent à cette terrible maladie.

Sur l'initiative du pape Urbain VIII, qui autorisa le culte de saint Roch, ce culte s'est étendu ensuite à la chrétienté entière.

En 1485, son corps fut transporté à Venise avec une solennité des plus grandes, et une église fut bâtie pour le recevoir.

La relique de saint Roch qu'on possède à Venerque, et dont nous avons pu constater l'authenticité, est un don gracieux de la famille Mailhol, ainsi que le reliquaire où elle est conservée. Ce reliquaire est en cuivre doré; il a la forme d'un édicule à quatre faces rectangulaires, surmonté d'un clocheton également en cuivre.

Office. — Messe : *Justus*, etc., comme au commun d'un confesseur non pontife.

Oraison. — Seigneur, nous vous en supplions, étendez toujours sur votre peuple votre pieuse sollicitude, et, par les mérites du bienheureux saint Roch, préservez-le de tout mal contagieux et dans son âme et dans son corps. Ainsi soit-il.

SAINTE GERMAINE

VIERGE

(Fête, le 15 juin.)

Sainte Germaine naquit à Pibrac, près de Toulouse, en 1579 ; son père était un pauvre laboureur, nommé Laurent Cousin ; sa mère s'appelait Marie Laroche.

Comme don de joyeux avènement, Dieu plaça sur son berceau les germes de trois fleurs précieuses dont l'épanouissement devait composer le bouquet de sa vie : la pauvreté, la souffrance et une miséricordieuse piété. Nous n'avons qu'à étudier sa vie, nous saisirons sur le vif l'odyssée de la pauvre sainte.

Sainte Germaine naquit pauvre ; ajoutons qu'elle vécut toujours pauvre et qu'elle mourut pauvre. Dieu le voulut ainsi parce qu'il avait des desseins de miséricorde sur elle. Que serait devenue Germaine, si elle n'eût été pauvre ? Elle se serait peut-être attachée aux biens de ce monde. Au lieu de prendre librement son essor vers le ciel, son âme aurait été enchaînée à la terre, car combien n'est-il pas difficile de n'être pas de ce monde quand on s'y sent attaché par des liens terrestres et trop séduisants. Dégagée de toute préoccupation de ce côté, Germaine tourna toutes ses affections vers Dieu. Le Dieu de Bethléem et du Calvaire lui sourit, et c'est là, auprès de la crèche et de la croix, ces deux monuments splendides de l'amour et de la pauvreté volontaire du Sauveur, que se forma l'âme pure de Germaine. C'est là qu'elle apprit à aimer son Sauveur, et, comme des affinités divines lient la charité de Dieu à celle du prochain, c'est là aussi qu'elle apprit à l'aimer. Cédons à la tentation de citer l'un des traits les plus touchants de notre jeune sainte ; il nous révèlera, par sa seule éloquence, que la charité pour le prochain, belle partout où elle se montre, n'a jamais autant d'éclat que quand elle fleurit sur les épines de la pauvreté.

Chaque jour, Germaine était envoyée aux champs pour garder un troupeau, et, chaque jour, sur son chemin, elle faisait la rencontre d'un pauvre infirme. Infirme et pauvre elle-même, elle en avait pitié, et alors, prenant le petit morceau de pain qu'on lui avait cependant mesuré d'une main parcimonieuse, elle le partageait avec le pauvre infirme. Sa marâtre, car Germaine avait perdu sa mère, en fut avisée. Un jour, elle la surprit au moment où elle allait commettre ce que le monde appellerait un délit de charité et qu'au ciel on appelle une belle œuvre de miséricorde. D'un bond, elle est auprès de la sainte, un bâton noueux à la main ; elle fait tomber brutalement son tablier, et de ce tablier que s'échappe-t-il ? Au lieu d'un morceau de pain, toute une moisson de fleurs. Et ces fleurs étaient aussi fraîches et aussi odorantes que si on les avait cueillies au printemps, et on était alors au milieu de l'hiver.

Germaine ne fut pas seulement pauvre : elle fut encore infirme. Avec le progrès des ans, d'autres infirmités vinrent s'ajouter à celles de son enfance, et la pauvre enfant, envahie par ce que nous appelons des humeurs froides, ne fit que traîner une vie languissante et souffreteuse. Accablée par tant d'infirmités, elle souffrait beaucoup ; mais une compensation lui restait : elle avait une mère. On sait ce qu'est une mère, mais pour Germaine c'était plus qu'un trésor. Que serait-elle devenue, si elle n'avait pas eu pour appui le bras et le cœur de sa mère ? Oui, que serait-elle devenue ? Tous les jours, on entend dire qu'enlever le soleil de ce monde ce serait le priver de son ornement, de sa richesse et de sa vie. Dans le ciel de Germaine, c'est-à-dire autour de sa petite vie, sa mère était bien comme un soleil bienfaisant dont les chauds rayons de tendresse réconfortaient son âme et éclairaient son esprit. Mais, un jour, ce foyer de lumière et d'amour disparut pour elle. Germaine n'eut plus de mère ; elle resta seule avec ses souffrances. Son père lui restait, il est vrai ; mais, à quelques jours de là, une étrangère fut introduite au foyer domestique, et cette étrangère ne fut qu'une marâtre pour Germaine. Les infirmités de la jeune enfant n'émurent point son cœur ; elles ne firent que provoquer d'énormes répugnances, et, pour se débarras-

ser de la sainte, elle l'envoyait au loin garder son troupeau. Bien souvent le temps était dur, il faisait froid ; elle
tremblait de tous ses membres, et elle obéissait.

Et s'il vient à la pensée du cher lecteur de demander
où Germaine trouvait tant d'obéissance ? Là où l'on trouve
tout : dans la prière. Tous les jours, elle assistait à la
sainte messe ; elle plantait sa houlette à terre et, autour
de sa houlette, elle groupait son troupeau ; jamais les
loups, que la faim faisait sortir de la forêt de Bouconne,
n'entamèrent son troupeau ; les anges du ciel faisaient
bonne garde autour de lui. Pour arriver à l'église du
village, le torrent du Courbet lui barrait quelquefois le
chemin ; mais, à son approche, les eaux du torrent s'ar-
rêtaient et lui laissaient le passage libre. Alors elle entrait
dans l'église ; là, elle se nourrissait de la sainte Eucha-
ristie, et, quand elle s'était nourrie du pain des forts,
elle se sentait plus forte pour soutenir les mauvais traite-
ments de la marâtre.

Et au culte de son Dieu elle savait ajouter le culte de
Marie. Tout près de sa maisonnette, se trouvait un petit
bois. Là, dans le creux d'un vieil arbre, elle avait placé,
de ses mains, une statuette de la Mère de Dieu, et c'est
auprès de cette Mère que, tous les jours, elle venait
répandre, avec les fleurs des champs, les fleurs bien plus
précieuses de son âme, c'est-à-dire ses sentiments de
candeur et de piété.

Les parents chrétiens qui liront ces lignes se prendront
du désir d'avoir des enfants ressemblant à sainte Ger-

maine, pieux comme Germaine, obéissants comme elle.
Ah ! s'ils possédaient de tels trésors à leur foyer domestique, bien sûr qu'ils les aimeraient, bien sûr qu'ils
concentreraient sur eux toutes les richesses de leur cœur;
mais ces douces récompenses du cœur, notre sainte ne
les connut jamais. Il semble qu'après avoir bien rempli
sa journée, la sainte enfant aurait dû recevoir un accueil
au moins gracieux; mais l'accueil qu'on lui faisait fut
toujours des plus froids. L'aversion de la marâtre alla si
loin pour elle, qu'elle l'éloigna, pour les repas, de la
table commune. Tandis que les enfants de l'étrangère
avaient leur place à la table domestique, Germaine était
reléguée dans un coin obscur, et c'est là qu'elle mangeait
son pain, trempé de bien des larmes. La vie de notre
bergère ressemble si bien à une persécution étudiée, et
mon récit est déjà si chargé, qu'il semble qu'on exagère.
Si jamais, chers lecteurs, les exigences de votre cœur
vous amènent à Pibrac, comme elles m'y ont amené moi-
même, après avoir visité les reliques de la sainte, trans-
portez-vous à la maison où naquit, dit-on, notre sainte.
Là, entre autres choses, on vous fera voir un réduit qui
n'est autre qu'un dessous d'escalier, et auprès duquel
l'étable de Bethléem, toute pauvre qu'elle fût, revêt presque les apparences d'un palais; c'est dans ce réduit
qu'avait été confinée la pauvre persécutée; là que, sur
une couche de durs sarments, elle reposait ses membres
débilités par la maladie; là qu'elle finit son long martyre, à peine âgée de vingt-deux ans, mûre pour le ciel,

bien que moissonnée à la fleur de son âge. Dieu, pour l'instruction et l'encouragement des générations futures, devait quelques compensations à la sainte.

Pénétrons maintenant dans l'œuvre de Dieu, après avoir vu de près les œuvres de la sainte.

Sainte Germaine mourut une nuit d'été, en l'année 1601. Cette nuit-là, deux religieux, qui se rendaient à Pibrac, se perdirent dans la forêt qui l'avoisine. Quel fut leur étonnement quand ils virent se détacher de la voûte du ciel une troupe brillante de vierges célestes qui prenaient la direction du village ! Bientôt les religieux les virent revenir et remonter au ciel ; cette fois, elles conduisaient au milieu d'elles une jeune vierge couronnée de fleurs nouvelles. Que pouvait être cela ? Ils l'apprirent, le matin, quand ils entrèrent à Pibrac; ils apprirent là qu'une jeune bergère avait rendu son âme à Dieu à l'heure même où ils erraient dans la forêt. Et le peuple se rendit en foule aux funérailles de celle qu'il regardait déjà comme une sainte.

Ce serait ici le lieu d'abaisser un instant jusques à nous les hauteurs des cieux, d'écarter les voiles qui le cachent et d'y contempler Germaine ; mais cette tentative serait au moins téméraire. Saint Paul n'a-t-il pas dit que l'œil de l'homme ne peut avoir vu, que son oreille n'entendra jamais, que son cœur ne pourra jamais pressentir ce que Dieu réserve à ses élus dans le ciel ?

Laissons donc le ciel, quelque attrayant qu'il soit d'y pénétrer, même par une seule échappée de vue ; restons sur la terre et bornons-nous à constater que Germaine, après sa mort, a conquis autant de cœurs qu'il y en a dans la grande famille catholique. Où sont les âmes indifférentes au culte de la jeune sainte? Son image resplendit dans tous les foyers catholiques. Aux palais des grands, comme dans la maison des plus pauvres, partout brille l'image de la sainte bergère. Et c'est devant cette image que tout le monde va prier. C'est devant cette image que va s'agenouiller la jeunesse pour lui demander cette fleur de pureté qui sera toujours son plus bel ornement; là que vont s'agenouiller les mères afin de demander à Dieu, pour leurs enfants, la sagesse de la jeune bergère.

Et quel contraste frappant ne crée pas ce culte universel, rapproché de l'indifférence que lui portait sa marâtre! C'est elle qui serait étonnée, si elle pouvait voir ces honneurs. Et, tandis qu'elle la reléguait sous un abject escalier, la grande famille catholique la traite comme une reine; c'est en cette qualité qu'elle l'introduit dans les plus saintes basiliques. A Rome, sa relique a été placée à côté de celle de l'apôtre saint Pierre; à Toulouse, sa relique n'est pas déplacée auprès des corps saints que possède le reliquaire de Saint-Sernin, et à Venerque on est fier de la savoir à côté de sainte Alberte et de sainte Foy.

Dieu accorda à Germaine cette glorification de son corps presque après sa mort. Il ne permit pas que son corps, frêle et débilité pourtant par la maladie, fût dévoré par la corruption du tombeau. C'est un fait dur à avouer,

que les corps, une fois déposés dans la terre, sont la proie
de la pourriture : c'est là une des confusions et un des
châtiments de notre orgueil.

Qu'arriva-t-il cependant pour Germaine ? C'est que ce
corps débile échappa aux morsures de la corruption, et
lorsque, quarante ans après sa mort, on la trouva couchée
dans sa tombe, son corps avait conservé toute la fraicheur
de la vie, et même la couronne de fleurs dont on avait
paré son front de vierge et de jeune fille avait conservé
tout son éclat et tout son parfum.

Et, après ce premier prodige, Dieu, saintement prodigue
pour son enfant de prédilection, multiplia et multiplie
encore les prodiges autour d'elle. Et autour du tombeau
de la bergère se renouvelèrent quelques-uns des prodiges
dont la vie de Notre-Seigneur fut si féconde. Notre-
Seigneur n'avait qu'à parler, et les paralytiques mar-
chaient; les paralytiques sont venus aussi au tombeau de
la jeune vierge, et leurs béquilles, appendues aux murs
de l'église comme de glorieux trophées, attestent la puissante intercession de la sainte. Notre-Seigneur n'avait
qu'à toucher les aveugles, et, sous la pression de ses
doigts divins, la vue leur était rendue; les aveugles aussi
sont venus implorer la bergère et leurs yeux se sont
ouverts. Magdelaine eut le bonheur de tomber aux pieds
de Jésus, et, parce qu'elle les arrosa de ses larmes, elle
fut pardonnée de ses péchés; combien de pécheurs sont
allés aussi au tombeau de Germaine et s'en sont revenus
louant Dieu de leur conversion.

Est-il étonnant, après cela, que Germaine ait conquis tous les cœurs?

Dieu, qui s'était plu à glorifier les infirmités de la sainte par la glorification de son corps; Dieu, qui avait relevé ses souffrances domestiques et le mauvais vouloir des siens en lui attachant tous les cœurs, voulut aussi relever sa pauvreté et les mépris qu'elle lui attira si souvent en lui créant, après sa mort, comme une sorte de royauté, devant laquelle on aime à s'incliner. Son nom est aujourd'hui écrit dans les fastes de l'Eglise et est honoré dans le monde entier.

Nous ignorons les noms de ceux qui présentèrent Germaine à l'église de Pibrac pour sa régénération par les eaux du baptême et son inscription dans le grand-livre des membres de Jésus-Christ; mais, plus heureux, nous connaissons les noms bénis de ceux qui voulurent son inscription dans le livre d'or des saints, et dans lequel l'Eglise, par les décisions de son Chef auguste, n'admet qu'un petit nombre d'élus; ce furent nos trois derniers archevêques : Mgr d'Astros, Mgr Mioland et Mgr Desprez. Deux de ces prélats étaient princes de l'Église par leur titre cardinalice. Un de ces princes, Mgr d'Astros, présenta la petite bergère aux suffrages du Chef de la catholicité, et quelques années s'étaient à peine écoulées qu'un autre prince de l'Eglise, Mgr le Cardinal Desprez, vit l'œuvre couronnée par le décret de canonisation, rendu par Pie IX le 19 juin 1867. Les deux pontifes, ses prédécesseurs, furent comme les précurseurs de

sainte Germaine. M͏ᵍʳ Desprez eut l'insigne honneur d'être
son Siméon (1).

Ce fut un beau spectacle pour la chrétienté que la pro-
mulgation de ce décret. Un nombre considérable d'évêques se trouvèrent réunis à Rome à cette occasion. Il en
était venu des quatre vents du ciel. Il y en avait de l'Asie,
il y en avait des deux Amériques; les îles de l'Océanie
comme les sables brûlants de l'Afrique avaient envoyé
leurs prélats missionnaires. Quand il se comptèrent à
Rome, ils se trouvèrent plus de cinq cents. Et ces cinq
cents évêques étaient escortés de milliers de prêtres, et à
ces milliers de prêtres s'étaient jointes des multitudes
immenses de fervents catholiques, venus de tous les
points du monde. Pourquoi cet immense rassemblement
de fidèles? A cause de la pauvre Germaine. Il avait paru
au vénéré Pie IX que l'humble bergère méritait une
place à part dans nos fastes catholiques, et, à cause de
cela et afin de faire partager à l'univers catholique la
joie immense de son cœur, il avait voulu que ses évêques
fussent convoqués à Rome. Et quand ils furent tous
arrivés, alors le vicaire de Jésus-Christ, prenant Germaine
par la main, présenta cette sainte enfant à ce sénat
majestueux d'évêques et sembla leur dire : Cette enfant
que je vous présente est une jeune vierge de la terre de
France; elle fut pauvre, elle fut malheureuse, mais elle
fut agréée de Dieu. Nos diptyques sacrés l'adoptent; je

(1) Mandement du 3 août 1867.

l'adopte, moi aussi : faites de même. Et une acclamation unanime approuva la décision du pontife romain.

Et la décision de Rome fut portée ensuite jusqu'aux extrémités de la terre; et partout elle fut accueillie, non pas seulement avec le respect qui s'attache à tout ce qui vient du siège de Pierre, mais avec un élan d'enthousiasme dont on a peine à se faire une idée.

Rome voulut être la première à la fêter, et elle le fit comme on sait le faire dans ce vrai centre de la catholicité. Toulouse la fêta à son tour, et, sans rien exagérer, on peut dire que la ville entière ressemblait à un temple majestueux, resplendissant de lumières et de joie. On se disait que le ciel devait être bien beau, puisque la terre savait faire de pareilles fêtes.

Oui, ce que Dieu fait est bien fait.

« Les années, dit Louis Veuillot, qui emportent tant
« de souvenirs, n'ont fait que consacrer le sien. Aujour-
« d'hui, après deux siècles et demi, il a pénétré en des
« lieux où ne seront jamais nommés les guerriers, les
« politiques, les rois et les magistrats qui gouvernaient
« la France. Toutes les royautés et toutes les puissances
« de son temps, les sceptres, les épées, les livres, s'abais-
« sent devant sa houlette (1). »

Venerque est heureux de posséder une belle relique de la sainte, don bienveillant du postulateur de la cause, l'abbé Barthier. Elle est renfermée dans un magnifique reliquaire en cuivre doré.

(1) *Vie de sainte Germaine*, par Louis Veuillot.

Office. — Messe au commun des vierges non martyres.

Oraison. — O Dieu ! la gloire et la grandeur des humbles, qui avez voulu que votre bienheureuse vierge Germaine brillât de tous les rayonnements de la charité et de la patience, accordez-nous, par ses prières et ses mérites, de pouvoir toujours porter la croix et vous aimer toujours. Ainsi soit-il.

SAINT BENOIT LABRE

(Fête, le 16 avril.)

Sainte Germaine se révèle à nous comme la vraie héroïne de la pauvreté chrétienne; saint Benoît Labre, dont nous allons esquisser la vie, se présente comme le vrai et volontaire héros de cette même vertu. Rien ne pouvait être plus opportun, en plein XIXe siècle, que la glorification par l'Eglise de ces deux saints. Le culte de la matière est aujourd'hui le culte de la grande majorité. A quoi aspirent aujourd'hui les hommes, du haut en bas de l'échelle sociale? A jouir gaiement de la vie. C'est vraiment le règne des jouissances et des jouisseurs. On se dirait revenu au temps des Césars : *Panem et circenses.*

Dieu, du haut du ciel, pour combattre ces funestes tendances, qui amèneraient les nations à leur ruine, a fait signe à l'Eglise, et l'Eglise, toujours conduite et inspirée par Dieu, se détournant avec horreur de ces saturnales de la chair et montrant avec fierté les Labre et les Germaine Cousin : « Voilà, s'écrie-t-elle, les saints que j'honore, voilà les héros que je fais monter sur mes autels et que je déifie. *Et nunc intelligite*. Et maintenant, vous tous qui vous croyez appelés à n'assouvir que vos convoitises ; vous tous qui vous croyez les rois du monde, parce que vous savez satisfaire vos appétits, parce que vous savez vous faire une part, que vous appelez belle, au banquet de la vie ; eh bien ! s'il vous reste encore, au milieu de vos jouissances et de vos délices, une lueur d'intelligence, essayez.de comprendre que le vrai bonheur consiste à n'user de la vie que comme en ont usé ceux dont je prends la glorification en main : *Beati pauperes, quia ipsorum est regnum cœlorum !* »

Benoît Labre naquit au village d'Amettes, autrefois dans le diocèse de Boulogne, le 26 mars 1748, sous le pontificat de Benoît XIV. Il était l'aîné de quinze enfants, et Dieu, pour faire voir aux parents chrétiens qu'il bénit les familles nombreuses, prit les prémices de cette famille bénie pour en faire un saint.

Tout jeune encore et à peine âgé de douze ans, on vit Benoît Labre s'éloigner des amusements de son âge, aimer la prière, la lecture des livres de piété, se montrer très charitable, et volontiers retranchant de sa nourriture pour faire la part aux pauvres. Il fut élevé successivement par deux curés, qui étaient ses oncles, et reçut une instruction des plus soignées.

Se sentant des inclinations pour la vie religieuse, il alla frapper à la porte de la Trappe dans plusieurs monastères ; mais Dieu l'appelait à une autre vie.

C'était le 2 juillet 1770. Labre, qui n'avait que vingt-deux ans, partit pour l'Italie, attiré par les nombreux sanctuaires qu'on y trouve à chaque pas et qui tous ont des séductions particulières pour les âmes pieuses. Il se dirigea d'abord vers Lorette, où il arriva au mois de novembre de la même année. Là, il put vénérer à son aise la sainte habitation de la sainte Vierge, que les anges ont portée dans ce coin béni de la péninsule italique. C'est dans cette petite maison que l'archange Gabriel, député de Dieu vers Marie, *a Deo ad Mariam,* alla négocier avec elle du salut des hommes; là enfin que le Fils de Dieu se fit chair. Quelles douces émotions durent saisir son âme, devant des souvenirs si grands! Comme son âme devait aller à Dieu! De Lorette, il partit pour Assise; il visita la Portioncule, la triple église, la maison de saint François, le tombeau de sainte Claire. Combien saint François devait avoir de charmes pour Benoît Labre, cet aimable saint François, qui, selon l'énergique et pittoresque expression du Dante, « prit la Pauvreté pour sa « dame et l'épousa, parce qu'elle était veuve de Jésus- « Christ! »

D'Assise il vint à Rome, où il fut reçu à l'hôpital de Saint-Louis. Quelle joie pour Benoît de se trouver à Rome, au centre de ce christianisme qu'il aimait tant, L'année suivante, il revit Lorette, où il ne manqua pas d'aller chaque année. S'étant arrêté durant quinze jours à Fabriano pour visiter le tombeau de saint Romuald, le fondateur des Camaldules, il édifia si bien les habitants, qu'ils commençaient déjà à le vénérer comme un saint.

13

Aussitôt qu'il le sut, Labre, qui se regardait comme le plus grand des pécheurs, s'enfuit à Lorette. Puis, après cela, il visita les principaux sanctuaires de la Toscane, de France, d'Espagne, de Suisse et d'Allemagne, toujours nu-pieds, toujours mendiant son pain, exposé sans cesse aux intempéries des saisons, ne couchant que dans des réduits ou en plein air, exposé aux insultes des hommes et à des mésaventures qui auraient lassé une âme moins chrétienne que la sienne. C'est ainsi qu'arrivant près de Saint-Bertrand-de-Comminges, il entend des cris, s'avance et trouve un homme qu'on tentait d'assassiner. Sa présence fit fuir le meurtrier ; il s'approche du blessé, soigne ses plaies ; mais à ce moment il est surpris par la maréchaussée, qui, le prenant pour le meurtrier, l'arrête et le conduit en prison. Il ne chercha nullement à se justifier ; ce ne fut que quand le blessé fut guéri que, reconnaissant en lui son bienfaiteur, il lui fit redonner sa liberté.

A quoi bon ces pèlerinages ? à quoi bon ce besoin de locomotion ? diront quelques esprits chagrins. On conçoit que ces héros du bien-être soient les ennemis systématiques de tout ce qui porte les livrées de la pénitence et de la misère volontaire. Le programme du Sauveur : « Heu- « reux ceux qui pleurent, parce qu'ils seront consolés ! « Heureux les pauvres, parce qu'ils posséderont le ciel ! » ils ne le comprennent pas, ou plutôt ils n'en veulent pas pour eux ; et, n'en voulant pas pour eux, ils n'en voudraient pas non plus pour les autres ; ils ne voudraient point de ces leçons vivantes qui se dressent devant leurs orgies.

Mais que ces sybarites du monde laissent donc les saints du bon Dieu tranquilles ! Qu'ils les laissent en paix prier pour les autres et pour eux, et, s'ils ne se sentent pas la force de les admirer, parce que leur esprit matérialisé ne saurait s'élever à de telles hauteurs, qu'ils sachent au moins les respecter et se taire.

Le bienheureux revint après cela à Rome ; il y passa les trois premières années dans une obscurité et une solitude absolue. Il vivait, le jour dans les églises, la nuit dans une ruine antique, priant et souffrant du froid et de la faim. Ces austérités et l'habitude de rester constamment à genoux causèrent une énorme enflure à son corps. Il serait mort, si un autre mendiant ne l'avait fait recevoir à l'hospice de M. Mancini, où ce bon chrétien logeait douze pauvres par jour. Quand il fut guéri, M. Mancini lui permit de coucher tous les soirs dans son hospice ; c'est alors qu'on apprit la vie que menait le saint.

Le soir, un peu avant l'ouverture de l'hospice, pendant que les autres pauvres causaient à la porte, Labre se mettait à genoux derrière une colonne du palais Santarelli, et attendait en priant. Après la prière commune, au lieu de se coucher, il restait longtemps à genoux, se relevant la nuit pour prier encore. Le matin, quand les pauvres se réveillaient, ils le trouvaient priant déjà. Aussitôt après la prière du matin, il se rendait ordinairement à l'église de la Madone des Monts et s'agenouillait à cette même dalle sous laquelle il fut enterré. Il y restait jusqu'à midi, faisant oraison, entendant la messe, récitant l'office divin. A midi, il allait à la porte de quelque couvent recevoir la portion de soupe et de pain qui lui servait d'unique repas. Avant de prendre cette chétive nourriture, il élevait vers le ciel la pauvre écuelle qui la contenait et priait Dieu avec une ferveur qui touchait jusqu'aux larmes les pauvres, ses compagnons. Après son repas, il allait à l'église des Quarante-Heures et y passait le reste du jour, priant ou lisant quelque livre de piété. Le soir, il recevait la bénédiction du Saint Sacrement et revenait à l'hospice.

Voilà la vie qu'il mena pendant ses dernières années. Il ne parlait presque jamais, répondait en peu de mots, ne voyait personne et vivait uniquement avec Dieu. On cite de Benoît Labre quelques particularités touchantes. Un jour, à la porte de Saint-Pierre de Rome, une pièce de monnaie lui est donnée. Labre la reçoit; mais, comme il ne gardait rien, il donne à son tour cette pièce de monnaie à un pauvre, son voisin. L'homme qui lui avait fait la charité crut que notre saint n'agissait ainsi que par mépris pour son offrande; il se jette sur le bienheureux et l'accable de coups. Saint Labre reçut la correction et oublia de s'excuser.

Un autre jour, il avait repris des enfants qui se dissipaient au Colysée, l'ancien sanctuaire des martyrs; ils l'accablèrent de pierres. Un passant voulut s'interposer.

« Laissez-les faire, dit le saint; si vous me connaissiez,
« vous feriez comme eux. »

On était en 1783. C'était une triste époque dans notre
histoire. L'impiété coulait à pleins bords. Notre-Seigneur
était outragé partout, et dans de licencieux écrits, et par
le dévergondage des mœurs; la société prenait grandement le chemin des saturnales de 93, qui devaient être
comme les représailles de la justice de Dieu outragée.
Que faisait Benoît Labre ? Il pleurait toutes ses larmes de
voir son Dieu méconnu ; son cœur était cruellement
déchiré. « Oh ! disait-il à son confesseur, cette douleur
me tue. » Le saint avait bien prophétisé : il mourut sans
agonie, réconforté par tous les sacrements de l'Eglise, le
16 avril 1783. Il avait trente-cinq ans et vingt et un jours.

Au moment où il rendit le dernier soupir, les cloches
sonnèrent l'*Angelus* et les enfants se répandirent dans
toutes les rues, criant : « Le saint est mort ! le saint est
« mort ! » Le marchand Zaccarelli, qui avait reçu chez
lui le saint se mourant, lui fit faire des funérailles magnifiques. Rome tout entière accompagna le convoi. Le
corps fut ainsi porté à l'église comme en triomphe, entre
une double rangée de soldats. Les plus grands seigneurs,
mêlés aux bourgeois et au peuple, suivaient en pleurant.
On eût dit un souverain bien-aimé que ses sujets recon-
duisaient, en larmes, au champ du repos. Ni Louis XIV
ni Louis XV n'eurent d'aussi magnifiques funérailles.

Les miracles se multipliant depuis qu'il avait rendu
son âme à Dieu, le cardinal-vicaire fit surseoir à son

inhumation. Depuis le jeudi saint jusqu'au jour de Pâques, le corps resta exposé, conservant sa flexibilité naturelle ; il paraissait endormi ; le jeudi et le samedi saints, il eut une sueur abondante, et le jour de Pâques il fut inhumé à l'église Sainte-Marie-des-Monts, sous la dalle où il s'agenouillait. Le lundi de Pâques, une foule innombrable accourut de tous les quartiers de Rome et des environs ; les malades s'y faisaient porter et tous s'en retournaient guéris.

La relique que possède Venerque de saint Labre vient de la générosité de la famille Rau (Marguerite), qui l'avait reçue de Son Eminence le cardinal de Clermont-Tonnerre. Elle est parfaitement authentique : elle fut donnée, en 1829, sous le pontificat de Léon XII ; le certificat porte le sceau de Sainte-Marie-des-Monts et la signature de Colonna (Philippe), postulateur de la cause. La relique consiste en un morceau important de ses vêtements, avec le portrait du saint à cette époque.

EX PALLIO SANCTI JOSEPHI

(DU MANTEAU DE SAINT JOSEPH)

(Fête, le 19 mars.)

————

Nous n'essaierons pas de dire la vie de saint Joseph : elle est dans tous les cœurs. Qu'il nous suffise de dire, et c'est là sa plus grande louange : Il fut l'époux virginal de la Vierge Marie et le père nourricier et gardien du Fils de Dieu. Il eut le bonheur de rendre son âme entre les bras de Jésus et de Marie. Après une vie si bien remplie, quelle plus délicieuse mort !

Le corps du saint patriarche fut enseveli en la vallée de Josaphat, entre les monts de Sion et des Oliviers ; mais on ignore l'endroit précis, ce qui a permis à certains docteurs d'affirmer qu'il fut porté au ciel, le jour de l'Ascension de Notre-Seigneur, en corps et en âme.

On ne possède pas de reliques du corps de saint Joseph ; ce qu'on peut posséder de lui, ce sont des parcelles de ses vêtements ; c'est une de ces petites parcelles que Venerque possède ; elle nous vient de la générosité de Mgr de Clermont-Tonnerre, par l'intermédiaire de la famille Rau.

EX VELO BEATÆ MARIÆ VIRGINIS

(DU VOILE DE LA BIENHEUREUSE VIERGE MARIE)

Ce que nous avons dit de saint Joseph peut s'appliquer à la sainte Mère de Dieu. Son éloge ne peut se narrer.

Au jour de son Assomption, elle fut portée au ciel en corps et en âme. Dieu l'a voulue pleine de vie sur le trône le plus élevé du ciel; il serait superflu de rechercher de ses reliques. Quelques églises prétendent avoir en leur possession quelques mèches des cheveux de la sainte Vierge; c'est tout ce qu'on peut posséder de son corps.

Saint-Sernin de Toulouse possède une grande pièce de la robe de la sainte Vierge; moins heureuse, l'église de Venerque ne possède qu'une légère parcelle du voile de la Mère de Dieu.

Cette relique, authentiquée, est contenue dans un médaillon encastré sur le socle où repose la statue de la sainte Vierge. Elle est représentée tenant un sceptre de la main droite et l'Enfant Jésus sur son bras gauche, souriant à sa sainte Mère.

LETTRE

« *Ambroise à Phébade et à Delphin, évêques.*

« Polybe, notre cher fils, revenant d'Afrique, où il
« avait exercé avec honneur la charge proconsulaire, a
« passé quelques jours auprès de moi, et, par ses bonnes
« grâces, il est entré bien avant dans mon affection.
« Comme il est sur le point de partir et de descendre
« vers l'Aquitaine, il m'a demandé une lettre particulière
« pour chacun de vous. Je la lui ai bien promise, mais
« j'ai dicté une lettre commune à vous deux. Il en veut
« une autre; je lui réponds que c'est une lettre com-
« mune, selon l'usage reçu entre nous; que votre cœur
« serait bien moins réjoui d'une lettre particulière que
« d'une autre qui vous confondrait dans le même senti-
« ment, et qu'il verrait avec peine la séparation de deux
« noms qui semblent devoir être unis pour jamais. Enfin,
« je lui réponds qu'il est de mon devoir d'en agir ainsi
« avec deux amis inséparables. Que pouvais-je faire de
« plus? Il veut absolument une autre lettre. Je la lui

« donne ; et, par ce moyen, je me rends à ses désirs
« sans rien altérer à notre coutume d'écrire.

« Ainsi donc, il a une épître pour chacun de vous ; car
« il était bien résolu de ne pas porter une lettre à l'un,
« s'il n'en avait une seconde pour l'autre. Je respecte
« donc les droits sacrés d'une amitié commune, sans
« aucun péril d'offense ni de division. N'est-ce pas,
« d'ailleurs, la manière d'écrire des apôtres ? Un à plu-
« sieurs : Paul aux Galates ; comme, d'autres fois, deux
« écrivaient au même : Paul, enchaîné pour Jésus-
« Christ, et Timothée, son frère, à Philémon.

« En vous saluant tous les deux, je me recommande à
« votre affection et à vos prières, car je vous aime tous
« deux.

« Ambroise. »

MONOGRAPHIE DE VENERQUE

Venerque, en latin *Benerkæ,* d'après les étymolo-
gistes, viendrait de deux mots celtiques qui seraient
l'équivalent des deux mots latins *bene arceo, bona arx ;*
en grec, Αρχη, lieu bien protégé. Cette étymologie se
justifie pleinement par la seule inspection des lieux. On
s'aperçoit, en effet, que, protégé d'un côté par des
hauteurs qui lui servent de remparts naturels et qu'on
appelle le *Pech,* comme les hauteurs qui avoisinent
Toulouse s'appellent *Pech-David,* Venerque est protégé,
de l'autre, par la belle rivière de l'Ariège.

En dehors de ces défenses naturelles, tout porte à croire
que le lieu de Venerque dut être fortifié; car, depuis
Toulouse, c'est le seul endroit qui présente un passage
facile entre le Lauraguais et la plaine. Les souvenirs
locaux viennent ici en aide à nos inductions. Si on consulte la tradition du pays et même la mémoire des habitants, on apprend qu'en 1789 Venerque était entouré de
grands fossés. La maison occupée par la famille Lafage
portait le nom de château; il n'en reste plus de trace,

mais l'histoire nous apprend qu'au temps de la Ligue ce château fut pris d'assaut par le lieutenant du roi.

Les hauteurs qui sont désignées aujourd'hui sous le nom de *Pech* ont dû encore servir de point de défense.

Le *Pech* est en forme de quadrilatère; le terrain en est si tourmenté, les abords qui servent de talus à la crête sont si bien taillés, qu'on n'a pas de peine à reconnaître, dans les accidents de ce terrain, la main de l'homme.

Le *Pech*, lors de l'occupation romaine, était un de ces *tumulus*, ou *station militaire*, dont les chefs de légions se servaient pour transmettre leurs ordres militaires et administratifs. On trouve, en effet, sur les coteaux qui se développent sur les bords de l'Ariège, depuis Toulouse jusqu'à Foix, une série de ces *tumulus*, destinés à correspondre entre eux; c'est ainsi que Venerque se reliait par les *tumulus* successifs de Clermont, de Goyrans, de Lacroix-Falgarde à celui de Vieille-Toulouse et à Toulouse elle-même. Ce qui prouve la légitimité de nos inductions, d'accord en cela avec les données que nous connaissons de l'histoire, c'est qu'en grattant le sol du *tumulus* de Venerque, on y trouve, en quantité considérable, des débris d'ossements humains.

Par la beauté de son site, Venerque dut attirer de nombreuses colonies de religieux; cette conclusion est confirmée par les monuments du pays. Au midi de Venerque, à une petite distance de cette localité, se trouve un hameau qui porte encore aujourd'hui le nom de *la Trinité;* les documents de l'époque portent que là se trouvait un couvent de Trinitaires. A quelques pas de ce hameau, se trouve un groupe d'habitations appelé lès Peyrouses; une portion de ce groupe, entre autres le domaine appartenant au sieur Rouganiou, n'a pu se dépouiller du nom d'Hôpital, qu'il porte encore aujourd'hui, et qui était le lieu où les religieux abritaient les malades et les pauvres.

A côté de l'église actuelle de Venerque était encore placé un ancien couvent de l'ordre de Saint-Benoît. A quelle époque fut-il fondé? Nous l'avons déjà dit, en citant la Gallia christiana, tome III, page 88, revue par dom Piolin. En 1182, cette abbaye fut attribuée à Saint-Pons-de-Tomières, avec l'approbation du pape Lucius III. Ce pape fut un des plus malheureux dont l'histoire ecclésiastique fasse mention. Il fut tour à tour victime des factions et du pouvoir séculier des princes; il mourut en exil, après un pontificat de quatre ans. L'abbaye de Venerque fut transformée en simple prieuré vers le XVe siècle, et resta toujours sous la dépendance de Saint-Pons.

L'église actuelle de Venerque est regardée comme la chapelle de l'ancienne abbaye des Bénédictins. Une preuve, c'est que l'église actuelle est placée sous le même vocable que l'ancienne abbaye. La Gallia christiana dit qu'en 817 la chapelle ou couvent des Bénédictins était dédiée à saint Pierre : dicata principi apostolorum; en 1885, et de toute ancienneté, c'est encore saint Pierre qui est le vocable et le patron de la paroisse. Et puis, pouvons-nous ajouter, il n'y a pas de trace dans le pays qu'il ait existé, dans l'agglomération de Venerque, aucune autre église ou chapelle qui ait servi aux cérémonies du culte public.

Mais la cure de Venerque était-elle indépendante de l'abbaye ou du prieuré? Autant que nous pouvons remonter dans le passé, c'est-à-dire jusqu'à l'année 1497, on peut répondre afffrmativement; néanmoins, il faut reconnaître que la cure avait cela de commun avec l'abbaye, c'est que toutes les deux relevaient de Saint-Pons. C'est ainsi que, depuis le XVe siècle jusques en 1781, nous avons pu reconnaître, d'après les documents officiels, que le chapitre de Saint-Pons nommait à la cure de Venerque. Le chapitre faisait plus que nommer à la cure : il percevait, à peu près en totalité, les revenus du bénéfice ; si le curé de Venerque avait droit à la quatrième partie des redevances, le chapitre prenait les autres trois quarts.

On trouve dans l'église de Venerque, entourant les fonts baptismaux, une grille en fer battu et ouvragé à la main. Cette grille, surmontée dans tout son pourtour de dards très aigus, est très ancienne et remarquable dans ses détails; elle porte cette inscription, gravée sur le vif par la main de l'habile ouvrier : *L'an milo et V cents XV, et lé XXIX dé jun, furon faïtos aquestos pias.*

Cette grille, d'après la tradition, servait autrefois à séparer le chœur de l'église de la nef. Pour concilier, comme nous l'avons démontré, l'indépendance de la cure de l'abbaye, bien qu'il n'y eût qu'une seule église, il faut dire qu'en dehors des offices paroissiaux, les religieux pouvaient prendre possession du chœur de l'église pour leurs offices propres, et ce qui démontre qu'il en était ainsi, c'est qu'on trouve, au chevet de l'église et derrière le maître-autel, une porte qui donnait accès dans le couvent. Cette entrée, murée aujourd'hui à l'extérieur, mais munie à l'intérieur d'une porte en fer du plus bel aspect, donne entrée au reliquaire où reposent les trésors religieux de Venerque.

L'abbaye de Venerque eut des temps prospères ; elle possédait de grands biens. C'est ainsi qu'en l'année 1080 Guillaume IV, comte de Toulouse, lui céda tout ce qu'il possédait dans le pays depuis Orwal (aujourd'hui le nom d'Orwal est porté par le pont et le ruisseau qui séparent Issus de Venerque) jusqu'à Espanès et Aureville.

L'église de Venerque est composée du chœur et de deux chapelles latérales auxquelles viennent se rattacher trois nefs. Le style du chœur et des deux chapelles adjacentes, classés parmi les monuments historiques, est le style roman ou romano-bysantin ; les trois nefs, au contraire, sont du style ogival ; ce qui permet à l'observateur d'embrasser, dans une vue d'ensemble, les styles afférents à ces deux époques bien distinctes : d'un côté, la sévérité majestueuse du style roman, et, de l'autre, les élancements merveilleux du style gothique.

D'après les archéologues, l'abside remonterait au XIe ou XIIe siècle ; le clocher actuel, bâti sur l'abside, remonterait à la même époque; plus tard, les temps féodaux s'emparèrent de la plate-forme supportée par l'abside et y greffèrent cette tour octogone et crénelée que les amateurs savent admirer.

L'église de Venerque, entre autres trésors religieux, possède le reliquaire de saint Phébade, œuvre du XIe siècle, et dont nous avons donné la description.

Ce reliquaire put échapper aux exactions de 93, grâce aux habitants de Venerque, de connivence avec le sieur Sengély (Guillaume), qui sut le cacher.

Après la tourmente révolutionnaire, et sous l'épiscopat de Mgr d'Astros, les reliques saintes furent reconnues et de nouveau authentiquées, en présence de M. l'abbé Daurie, ancien curé d'Auterive, comme en font foi les procès-verbaux de l'époque. Ce fut à cette occasion que, renouvelant l'acte de charité des âmes pieuses qui, après la mort du Sauveur, se réservèrent l'honneur de revêtir son corps d'un suaire et de le couvrir d'aromates de prix et de parfums, une bonne dame de Venerque, Mme Guilhem (1) se fit un devoir de revêtir les saints ossements de saint Phébade et de sainte Alberte du voile de soie verte dans lequel nous les avons trouvés.

Mais, si nos reliques purent été sauvées, il n'en fut pas de même de nos cloches. Décrétées de prise de corps,

---

(1) Mme Guilhem était issue de la famille Berdoulat. Notre église est fière de montrer comme venant de cette famille l'*Ecce homo* qui fait pendant à la chaire monumentale, une belle statue de Notre-Dame de Lourdes, etc., etc.

elles furent portées dans le district d'arrondissement,
c'est-à-dire à Muret, d'où les pauvres prisonnières ne
revinrent plus. Cet exploit ne doit pas faire croire que
Venerque se trouve sans cloches; on y a largement pourvu
depuis cette fatale époque: aujourd'hui, la petite localité
possède un carillon complet, sans compter trois autres
grandes cloches, qui, sans nuire à l'harmonie de leurs
petites sœurs, peuvent être lancées à toute volée pour
annoncer les fêtes religieuses. Toutes les trois ont retenu
le nom de leurs principaux donateurs; on les appelle la
Ginistine, la *Mailhole* et la *Berdette*. On jugera de la
robuste constitution de l'aînée, de la *Ginistine*, quand on
saura qu'elle pèse 902 kilogrammes. Et les prêtres que
devinrent-ils durant ces jours malheureux? Ils furent
traqués comme partout. Nous ne pouvons pas laisser dans
l'oubli la conduite courageuse d'un des généreux chrétiens de Venerque et dont le fils Rau (Marguerite) est un
des bons fabriciens. Le père occupait une maison isolée,
à cinq kilomètres de Venerque, sise sur la lisière de la
forêt de Combescure; c'est à cette maison que plusieurs
prêtres vinrent frapper successivement et l'hospitalité leur
fut grandement donnée. Il y allait de la vie, de recevoir
ces pauvres proscrits du sanctuaire; on le savait, mais
ces mesquines considérations ne surent ni entamer ni
diminuer la foi du nouveau Zachée. Il y avait déjà quelques longs jours que trois prêtres étaient là, ne sortant
que la nuit, avec des précautions infinies, pour porter
quelquefois au loin les secours de leur ministère, quand,

une nuit, des coups sourds et multipliés se font entendre
à la porte de la maison de refuge. Qui pouvait ainsi frapper à cette heure indue? Le maître de la maison va
ouvrir. Quelle est sa douleur et sa joie en même temps
de trouver dans ce visiteur un quatrième prêtre. Il était
tout meurtri d'un coup violent qu'il avait reçu : un misérable d'une localité voisine, mais étrangère à Venerque,
s'était trouvé qui l'avait abattu à terre ; le croyant mort,
il l'avait ensuite jeté dans le ruisseau qui sépare Issus de
Venerque et s'était enfui. Le pauvre prêtre eut assez de
force pour se relever, et, grelottant sous l'eau et le froid,
ce fut avec beaucoup de difficultés qu'il put fournir une
course de deux kilomètres pour se traîner jusqu'à la
maison de charité. Là, avec une délicatesse qui n'aurait
pas été désavouée par le Samaritain de l'évangile, on
soigna ses plaies, on apaisa sa faim, et il y eut bonheur
à compter un hôte de plus.

Il en est de la charité, qui est une fleur divine, comme
il en est des fleurs de la terre. Qui est plus caché que la
violette? Elle se cache sous terre, et cependant elle se
trahit par ses parfums; elle avait beau vouloir rester
secrète et cachée, la charité du bon homme Rau (Jean),
car c'est le nom de notre héros, elle finit aussi pas se
laisser trahir par les suaves émanations de ses bienfaits.
Un jour, dans les bois d'Espanès, où on lui avait donné
rendez-vous, Rau se voit accosté par le chef de la section
révolutionnaire de Venerque, — ce qui prouvera, en passant, que les hommes ne sont pas aussi méchants qu'ils

veulent le faire paraître : « Jean, dit-il, la section sait
« que tu recèles des prêtres ; il vient d'être décidé que
« cette nuit on ira faire des perquisitions chez toi ; j'ai
« tenu à t'avertir sans témoins ; mets ces braves gens à
« l'abri, et presse-toi. »

Le bon homme n'eut garde d'oublier cet avis généreux.
La nuit venue, triste d'avoir à se séparer de ses hôtes,
mais décidé à ne les céder que pour quelques heures, il
leur fait part de l'avertissement qui lui a été donné. La
résolution ne fut pas longue à prendre : on partit. Les
âmes honnêtes et chrétiennes ont entr'elles comme des
affinités secrètes ; c'est ce qui permit à Rau (Jean) de
servir de guide aux quatre prêtres et de les mener en lieu
sûr. Il ne fallait pas songer à suivre les routes ou les
sentiers tracés ; on passa à travers bois et à travers champs.
Un obstacle se présenta sur leur route : il fallait traverser
le ruisseau de la Hise, grossi par la pluie. Que faire ? Il
n'est pas d'hésitations pour les âmes élevées. Le bon
homme Rau charge résolument un des bons prêtres sur
ses épaules et se jette résolument à l'eau. Quatre fois il
opère ce transbordement, qui n'était pas sans danger, et,
après cela, il va frapper résolument à la porte de l'habitation de M. de Bourges. Ce noble gentilhomme, dont le
cœur était ouvert aux nobles causes, se montra heureux
de recevoir cette phalange sacrée. Et ce noble exemple
n'a pas été perdu dans sa famille : Dieu s'est complu à
transfuser chez les descendants de cet homme de bien,
avec la même sève chevaleresque, ses sentiments élevés

de foi religieuse ; aussi nul ne fut étonné, à Venerque, de voir la petite-fille de cet ardent chrétien se faire un devoir de maintenir les traditions de famille en ouvrant tout grand son château de Rivel aux trois illustres prélats qui vinrent honorer nos fêtes de sainte Alberte. Nous remercions Mme de Ginisty d'avoir su, dans cette occasion, constituer sainte Alberte sa débitrice ; nos remerciements encore à Mme de Saint-Giniès, la fille même de M. de Bourges, qui devint sa complice dans l'œuvre d'hospitalité en recevant dans sa maison les suivants de nos prélats.

Il était à peine revenu chez lui que Rau recevait la visite des inquisiteurs révolutionnaires ; ils en furent quittes pour leurs exactions inutiles.

Nous ne nous plaignons pas d'avoir tiré de l'oubli cet épisode local de nos temps révolutionnaires (1) : c'est un trait qui ne déparerait pas les beaux faits de notre histoire ecclésiastique ; si des temps malheureux revenaient, cela pourrait, dans un pays généreux, provoquer de salutaires émulations. Mgr de Clermont-Tonnerre, qui connut ce haut trait de charité, prit à son service un des enfants de Rau ; il est mort à quatre-vingt-six ans, il y a à peine deux ans ; c'est de lui et du prince de l'Eglise, l'illustre Cardinal, que nous tenons la relique de saint Benoît Labre, ce qui nous la rend doublement précieuse.

Nous avons dit qu'il n'y avait pas, dans la localité de

---

(1) Nous pourrions nommer les quatre prêtres proscrits. Qu'il nous suffise de nommer l'abbé Milhau, mort, il y a quelques années, prêtre à Saint-Exupère de Toulouse.

Venerque, d'autre chapelle, pour le service religieux public, que l'église de la paroisse ; il faut dire néanmoins qu'il y avait de petites chapelles particulières. C'est ainsi que nous avons pu lire, dans les documents de l'époque découverts par nous dans les archives de la préfecture, mis à notre disposition avec une urbanité parfaite par les archivistes, qu'en l'année 1640 Mᵍʳ Charles de Montchal, archevêque de Toulouse, fonda une chapelle domestique en faveur de noble Bernard del Puech Espanès, au château des Maurisses. La chapelle est démolie ; aujourd'hui, il ne reste d'autre vestige de ce passé que la pierre sacrée, la pierre du sacrifice. Elle est d'autant plus précieuse à nos yeux, que si cette pierre pouvait prendre une voix, elle nous crierait que, dans les temps de persécution révolutionnaire, c'est précisément elle qui a servi d'autel dans la maison hospitalière de Rau (1). Ainsi, pendant que les méchants poursuivaient les oints du Seigneur, le Christ bienfaisant interposait son Calvaire puissant entre la justice de Dieu et la malignité des hommes.

Qu'ils étaient beaux, ces proscrits du sanctuaire, quand ils offraient cette victime du salut ! quand ils priaient Dieu de descendre du ciel et que ce Dieu allait se placer entre leurs mains pour les réconforter de son contact divin et bénir en même temps leur ingrate patrie ! Il nous a été donné de voir l'emplacement du petit réduit où la messe était célébrée. Il était si étroit que, pressés les uns

(1) Rau était alors homme d'affaires au château des Maurisses.

contre les autres, c'est à peine si les quatre prêtres pouvaient se tenir debout. Une lucarne d'un pan de haut,
fermée d'un châssis de toile, suffisait pour arrêter le regard
indiscret de l'homme et pour tamiser un faible rayon du
soleil du bon Dieu. Une petite porte, percée dans la
muraille d'une pièce, qui servait de cuisine, de salle de
réfection, de réception et de chambre à coucher, donnait
entrée à ce réduit qu'on dérobait à tous les regards en
poussant contre elle, quand la messe y était dite, une
armoire délabrée. *Nequaquam minima es.* Oh ! notre
chère Bethléem ! comme les munificences de ta pauvreté
s'effacent et disparaissent devant ce réduit !

Il existait et il existe encore, à Venerque, une confrérie
dite de Saint-Phébade, dont il a déjà été question.

Nous possédons les statuts de cette confrérie, datant de
1497, et approuvés, au nom de l'archevêque de Toulouse,
par son Official. Les statuts de cette confrérie sont des
plus intéressants. Tout a été prévu dans la sage réglemen-
tation de cette confrérie. C'est au 25 avril qu'elle
célébrait sa fête. Une messe dite du matin se célébrait ce
jour-là ; cette messe était suivie d'une procession où *tous
les confrères et confréresses* (1) étaient tenus d'assister,
portant un cierge à la main. A cette procession était
porté ce qu'on appelait, dans le langage des temps, *lé
glorious corps sant dé Mgr sant Fédari ;* le corps saint
était posé sur un riche pavillon, et les confrères seuls

_____

(1) Expressions des statuts : *Tots los confrayrés et confrayressos...*

étaient admis à le porter. Au retour de la procession se disait une messe solennelle, avec diacre et sous-diacre. C'est à l'issue de cette messe qu'on faisait baiser les reliques du saint et qu'était faite l'offrande du cierge porté à la procession. Ce cierge ne pouvait être employé qu'aux offices qui étaient célébrés à la chapelle du saint pontife.

Les actes de dévotion que devaient remplir les confrères ce jour-là étaient tout tracés. Dans les mêmes statuts on avait prévu les cas de maladie pour les membres de la confrérie et les devoirs qui incombaient à chacun d'eux, soit pour les services à rendre aux moribonds, soit pour les devoirs à rendre à leur sépulture. Une sanction clôture ces statuts pour ceux qui, sans excuse, auraient manqué à leur devoir.

Ces statuts furent trouvés si sages que, sous l'épiscopat de Châtillon-Coligny, ils furent approuvés par bulle du pape Paul III, un des plus illustres pontifes dont s'honore le siège de Pierre. Ce pape Paul III (Alexandre Farnèse de son nom de famille) gouverna l'Eglise quinze ans et un mois (du 15 octobre 1534 au 19 novembre 1549). Il eut l'honneur de signer la première convocation du concile de Trente (22 mai 1542); c'est le même pape qui approuva les constitutions de la Société de Jésus (22 septembre 1540), lui encore qui approuva les constitutions de l'ordre des Ursulines (9 juin 1544).

Par la même bulle, qui approuva les statuts de la confrérie de Saint-Phébade, le même pape accorda une indulgence plénière aux membres de la confrérie le jour de la fête, pouvant être gagnée aux conditions ordinaires (1).

Faisant suite aux statuts, on trouve une première liste des confrères; en tête figurent les prêtres : ils sont au nombre de vingt, et parmi eux est inscrit le nom de *Raymond, prélat ;* or, comme dans le droit canonique ce nom est réservé aux évêques et, par extension, aux supérieurs ou prieurs réguliers, c'est le prieur des Bénédictins qui est ici désigné ; après les prêtres, sont désignés les frères-lais, ce qui confirme nos affirmations.

Parmi les confrères inscrits et dans des registres qui se poursuivent de 1497 jusqu'à l'année présente 1885 se trouvent des noms qu'il nous paraît utile de mentionner. Nous trouvons parmi les noms marquants la famille des *Masencal,* qui a donné des présidents remarquables au Parlement de Toulouse. L'un d'eux et peut-être le plus illustre, Jean de Masencal, posa, en 1545, la première assise du pont monumental de pierre, qui relie le faubourg Saint-Cyprien à la cité de Toulouse. Ce Masencal mourut en 1562. Il laissa plusieurs enfants. L'un d'eux, François, devint seigneur de Venerque; un autre, du nom de Jean, fut seigneur de Grépiac, tandis qu'une de ses filles fut mariée à Gabriel Dubourg. En 1596, nous voyons figurer, dans les délibérations et procès-verbaux relatifs à la confrérie de Saint-Phébade, le seigneur Pierre de Masencal. A cinquante-six ans de distance, le 29 novem-

(1) Archives ecclésiastiques de la préfecture.

bre 1652, s'éteignit, à Venerque, une fille de ce Pierre de Masencal, seigneur à la fois de Venerque et de Grépiac. Les registres de l'époque entrent, à l'occasion de ce décès, dans des détails caractéristiques de ces temps reculés.

Au lieu de ces formules imprimées destinées aujourd'hui à recevoir les actes de naissance et de décès, formules sèches comme le siècle où nous vivons, nos anciens aimaient à relater ce qu'il y avait de saillant dans ces événements. C'est ainsi que nous apprenons, par les registres tenus à cette époque, que le 29 novembre 1652 mourut, à Venerque, une dame du nom de Jeanne, issue de feu Pierre de Masencal, seigneur, comme nous l'avons dit, de Venerque et de Grépiac. « Cette dame, lisons-nous dans l'acte mortuaire rédigé par le recteur Roux (Gaspard), docteur en théologie, mourut à l'âge de cent cinq ans, n'ayant jamais été malade ni médecinée, après avoir eu de son mariage vingt-quatre enfants. »

Quatre ans auparavant était également décédée à Venerque, le 23 novembre 1648, Mlle Claire de Masencal, seigneuresse de Corronsac. A l'entrée du sanctuaire actuel de Venerque, se trouve une pierre tombale, en marbre noir ; c'est sous cette pierre que reposent ses ossements. L'acte de décès de cette personne donne de précieux renseignements sur l'histoire de Venerque ; c'est là qu'on trouve mentionné que l'office mortuaire fut tenu par M. Guilhaume de Masencal, son frère, prieur de Venerque et chapelain de Notre-Dame de Garaison. Il fut assisté du P. Bertrand, de la Trinité, et d'un Père ermite, carme de Notre-Dame des Bois. Notre-Dame des Bois avait une chapelle sise sur la limite des deux paroisses de Venerque et de Clermont ; cette chapelle fut démolie en 1793, et l'image ou la statue de la Sainte-Vierge fut transportée dans l'église de Clermont. Actuellement, Clermont est un but de pèlerinage pour toute la contrée qui l'avoisine.

C'est en dépouillant ces mêmes registres que nous avons trouvé des choses bien intéressantes et qui respirent l'esprit de l'époque.

Aujourd'hui, d'après nos mœurs modernes et les clichés imprimés, tout passe inaperçu. Il n'en était pas de même dans les derniers siècles. Autrefois, quand il n'y avait que l'autel et le trône, il était fait mention, dans les registres de paroisse, des événements qui semblaient avoir un caractère national. C'est ainsi qu'on trouve, relatée dans ces registres, la naissance du fils d'un de nos rois. Comment cet événement national prend-il les proportions d'un événement paroissial ? Nos lecteurs le comprendront.

Et ce que les registres de l'époque faisaient pour les naissances célèbres, ils le faisaient aussi à l'occasion de morts ou de décès remarquables. Nous avouerons que nous n'avons pu lire sans émotion, couchés dans les registres paroissiaux, les détails les plus circonstanciés sur la mort de Mgr de Montchal, archevêque de Toulouse. Rien n'a échappé à la sagacité et au bon cœur du rédacteur de ces registres. Il énonce que Monseigneur mourut à Carcassonne, où il était allé pacifier les affaires de la province. Ce fut par Monseigneur de Narbonne, assisté de quatre prélats qui portaient le poële et de quelques membres des États qui portaient les flambeaux, qu'il fut administré cinq jours avant sa mort. Puis suivent les paroles de remerciement que le prélat moribond adressa à Monseigneur de Narbonne. Comme pour s'excuser d'avoir inséré cette notice nécrologique, le recteur de Venerque assure que cette mort est un deuil pour toute la chrétienté, puisque c'est la fin d'un des plus illustres prélats qui aient paru dans notre siècle, soit pour sa science, soit pour sa prudence et son zèle. Il termine ce panégyrique en souhaitant que le grand défunt laisse à son successeur son esprit, comme Élie sut laisser son manteau à Élisée.

Aux noms des Masencal, seigneurs de Venerque, succèdent, dans les registres des obits et fondations, comme aussi dans les listes des confrères de saint Phébade, les noms des d'Assézat de Masencal. La lignée masculine s'étant éteinte chez les Masencal, une héritière de cette maison transmit son nom et sa main au seigneur d'Assézat, qui devint châtelain de Venerque. Plus tard, les d'Assézat s'allièrent à la famille Lefranc de Pompignan. A la date de 1756, on trouve notée, dans le nécrologe de l'époque, la mort, à Dussède, de Marguerite de Colomés d'Assézat, âgée de soixante-treize ans, veuve de feu messire François d'Assézat de Pompignan de Masencal, seigneur de Dussède, de Venerque et de Préserville, conseiller du roi en sa souveraine Cour du Parlement de Toulouse. Son corps repose encore dans le sanctuaire de l'église de Venerque.

Quelques années auparavant est signalée la présence à Venerque de Mgr l'évêque et prince de Grenoble, Lefranc de Pompignan, oncle de dame d'Assézat de Pompignan. Sa présence à Venerque s'explique par la naissance d'un enfant né à Mme d'Assézat, dont il fut le parrain et qu'il baptisa avec grande solennité. Cet enfant était né le 27 novembre 1738. Un mois avant, le 23 octobre, Monseigneur de Grenoble, à la prière de Mgr l'archevêque de Toulouse, avait donné le sacrement de confirmation dans l'église paroissiale de Venerque; il y eut cinq cent trente-neuf personnes confirmées.

Mgr de Pompignan avait comme une prédilection pour Venerque, et surtout pour les reliques qui y étaient vénérées. Les registres de la confrérie de Saint-Phébade portent qu'au 24 mai 1755 Mgr Lefranc, qui, du siège de Grenoble était passé au siège épiscopal du Puy, se fit inscrire parmi les confrères de cette sainte société de prières. Quelle haute recommandation pour cette chère confrérie !

Et nous espérons bien que cette confrérie, enrichie, comme nous l'avons vu, des faveurs spirituelles du Saint-Siège, puissamment encouragée par de très hauts prélats, et qui, grâce à ces recommandations, a si bien prospéré dans le passé, prospèrera aussi dans l'avenir. Nous avons plus que des promesses pour nous affermir dans cette confiance. A l'heure présente, la confrérie marche admirablement; de plus, saint Phébade ne vient-il pas de se soulever de son tombeau?... En associant à sa puissante intercession l'intercession également puissante de sainte Alberte, il nous donne assez l'assurance qu'il veut confirmer l'œuvre de protection et de bienveillance dont il n'a cessé de couvrir le pays de Venerque.

Nous compléterons ce travail en donnant, depuis 1497, les noms des prêtres qui ont occupé successivement la cure de Venerque.

NOMS DES PRÊTRES

QUI ONT OCCUPÉ LA CURE DE VENERQUE
DEPUIS 1497

1497.   L'ABBÉ CASTELLI.

Le premier curé de Venerque dont on a pu
relever le nom est l'abbé Castelli ; son
nom figure dans les statuts de la confrérie de Saint-Phébade, datant de 1497.

1565-1569.   L'ABBÉ GAYRAUD (PIERRE).

L'abbé Gayraud succéda à l'abbé Castelli.
(Vu aux archives de la préfecture.)

1569-1593.   L'ABBÉ BELLOC.

M. l'abbé Belloc remplaça l'abbé Gayraud.
On trouve son nom, aux dates indiquées,
dans les registres de la paroisse ; on le
trouve encore dans les registres des Obits
et Fondations comme ayant cédé une maison, à côté de l'église, et une pièce de

15

terre, sous la condition qu'on ferait dire
trois messes à son intention. Les immeubles sont bien restés, mais les intentions
ont disparu.

1593-1615.　　　L'abbé DELHOM.

1615-1629.　　　L'abbé SERRES.

1629-1680.　　L'abbé ROUX (Gaspard).

L'abbé Roux (Gaspard), qui remplaça, comme
on le voit, l'abbé Serres, eut successivement et même simultanément pour vicaires :

De 1625 à 1647, l'abbé Dureulle.
De 1632 à 1654, l'abbé Lafitte.

1680-1709. L'abbé ROUX, docteur en théologie.

Ses vicaires :

De 1680 à 1685, l'abbé At.
En 1685, l'abbé Paulhet.
En 1686, l'abbé Lupiac.
De 1686 à 1703, l'abbé Rech.
De 1703 à 1709, l'abbé Beauclau.

1709-1710.　　　L'abbé CARPENTÉ.

1710-1755. L'abbé DE LASTEULES, doct. en théologie.

Ses vicaires :

En 1713, l'abbé Maury.

De 1721 à 1724, l'abbé ESPAIGNAC.

De 1724 à 1738, l'abbé AZÉMAR.

De 1725 à 1729, l'abbé BERDOULAT.

En 1740, l'abbé DURRIEU.

En 1744, l'abbé BONNE.

De 1747 à 1755, l'abbé VERDIER.

1755-1783. L'ABBÉ VERDIER.

L'abbé Verdier était resté huit ans vicaire ; il resta encore vingt-huit ans curé ; il occupa donc le poste de Venerque trente-six ans. Avec l'abbé de Lasteules, qui l'avait tenu quarante-cinq ans, à eux deux ils remplissent presque le siècle.

Ses vicaires :

De 1758 à 1759, l'abbé LASSALLE.

De 1759 à 1761, l'abbé CASSAING.

En 1761, l'abbé GÉLIES.

De 1764 à 1769, l'abbé LATOUR.

En 1769, l'abbé CASTRES.

De 1770 à 1772, l'abbé LAFITEAU.

En 1772, l'abbé VERDIGUIER

De 1772 à 1783, l'abbé MALETERRE.

1783-1792. L'ABBÉ POUDEROUS, curé.

Ses vicaires :

De 1783 à 1786, l'abbé LACOSTE.

En 1786, l'abbé MARRÉGON.

De 1789 à 1791, l'abbé LASSALLE.

A partir de 1792 jusqu'en 1803, nous ne trouvons plus de noms de curés. C'est l'époque révolutionnaire. Durant cette période néfaste, les curés furent obligés de se cacher. Au lieu du dimanche, c'est-à-dire à la place du repos bien mérité que prenaient les hommes et les bêtes de labour après six jours consécutifs de travail, il plut aux tyranneaux qui gouvernaient la France d'établir la *décade* et d'obliger tout le monde à célébrer le dixième jour par des divertissements publics et un repos forcé ; mais, pas plus à Venerque qu'ailleurs, cela ne fut dans les goûts de la population ; elle sut se dérober à cette servitude avilissante.

Après la tempête révolutionnaire, des jours plus calmes luirent sur notre pauvre France. Le culte fut rétabli et les églises ouvertes, et une nouvelle série de bons prêtres furent mis à la tête de l'église de Venerque. Nous allons donner leurs noms :

1803-1815.　　　L'abbé CARRÈRE.

　　　De 1803 à 1815, c'est l'abbé Carrère qui est curé de Venerque. Ce fut un prêtre bien méritant, et n'eût-il à son actif que d'avoir su réparer les ruines amoncelées durant la période révolutionnaire, c'est là pour lui un mérite bien grand.

1815-1823.　　　L'abbé JOURDAN.

　　　Après l'abbé Carrère, la cure fut occupée par l'abbé Jourdan ; plus tard, il fut transféré à Pinsaguel. C'était une bonne nature d'homme.

1823.   L'ABBÉ BUISSAS.

L'abbé Buissas n'occupa la cure de Venerque
que durant l'année 1823. Son mérite
explique son court passage à cette cure.
Appelé à la cure du Taur, et, plus tard, à
la métropole, il fut ensuite promu à l'évêché de Limoges.

1823-1858.   L'ABBÉ LASSALLE.   .

L'abbé Lassalle occupa plus longtemps le
poste de Venerque; car, nommé à cette
cure en 1823, il mourut dans cette paroisse
en 1858. La paroisse pouvait enfin se reposer entre les bras et sur le cœur d'un pasteur qui a laissé des traces impérissables
de son long ministère. C'est à son ardente
initiative qu'on doit la restauration de
l'édifice religieux. Il rajeunit le sanctuaire
et, aidé du concours de l'habile chevalier
du Mège, archéologue de grand mérite, il
fit exécuter les peintures murales qui dé-
corent cette partie de l'édifice. On doit
encore à l'abbé Lassalle l'édification de la
troisième nef, à droite, ainsi que les voûtes
doublement cloisonnées de la nef principale et de la petite nef du côté gauche.
Avant lui, ces voûtes n'existaient qu'en
mauvaises planches. Le confessionnal et
le vestiaire si ample de la sacristie sont
encore de lui.

1823-1858. L'ABBÉ LASSALLE. (*Suite.*)

En 1844, il dota l'église de magnifiques
cloches tournantes, qui donnent tant de
solennité aux fêtes religieuses.

La première, la *Ginistine* (poids, 902 kilos),
fut bénite par lui.

La deuxième, la *Mailhole* (poids, 439 kilos),
fut bénite par M. l'abbé Mailhol, ex-vicaire
général de Pamiers.

La troisième, la *Berdette* (poids, 201 kilos),
par M. Daurie, curé d'Auterive.

La quatrième (poids, 125 kilos), par M. l'abbé
Rouganiou.

La cinquième (poids, 77 kilos), par M. l'abbé
Vernhes, curé du Vernet.

Et pendant que l'infatigable curé donnait ses
soins à la restauration et à l'embellisse-
ment de l'édifice religieux, il n'avait garde
d'oublier les âmes qui lui étaient confiées.
Par ses soins, une souscription était ouverte, et il dotait Venerque d'une école
tenue par les Sœurs de la Croix. Avec les
fonds recueillis, et de concert avec le conseil municipal, une maison d'école fut
achetée. La commission dite des Sœurs, et
présidée par M. le Curé, fournit 1500 fr.
pour le payement de cet immeuble. Et,
pendant que le bon curé payait encore de
ses deniers le mobilier scolaire, des personnes charitables, s'empressant de suivre

l'exemple du bon pasteur, donnaient aux
Sœurs les meubles qui servent encore à
leur usage. Et la mémoire du cœur est si
vivace à Venerque, qu'on pourrait encore
aujourd'hui étiqueter ces meubles du nom
des donatrices ou des donateurs.

Avant de mourir, le zélé curé ne se crut pas
quitte envers sa paroisse; il laissa aux
pauvres une rente annuelle de 100 fr., et
50 fr. de rente pour les Sœurs.

Honneur à cet homme de Dieu! Sa mémoire
ne périra pas. Le bien qui existe à Venerque on le lui doit; nous recueillons ce
qu'il a semé. *In memoriâ æterna erit
justus.*

1858-1863.   L'ABBÉ CASTILLON.

L'héritage spirituel de M. l'abbé Lassalle
échut à M. l'abbé Castillon; il ne pouvait
être recueilli par de meilleures mains.

Pendant les cinq ans qu'il passa à Venerque,
M. l'abbé Castillon, par l'aménité de son
caractère, par sa générosité sans bornes,
par son zèle au service d'une grande piété,
conquit bientôt sa population. Les divers
postes qu'il occupa après Venerque, comme
Saint-Sulpice, Saint-Nicolas et Saint-
Étienne de Toulouse, étaient comme des
lieux de pèlerinage pour les fidèles venerquois. On aimait à aller le voir et recher-

cher auprès de lui un conseil ou une parole de consolation. Il se prêtait volontiers à ces exigences de l'affection paroissiale. Lui-même aimait à redire — et il nous a été donné de saisir cet aveu de son cœur — qu'il regrettait toujours son Venerque.

C'est l'abbé Castillon qui enrichit Venerque de sept reliques notables, dont nous avons parlé. C'est lui qui fit restaurer le beau pavillon de saint Phébade, dont Venerque est si fier; c'est lui qui fit ouvrir et fermer d'une porte en fer, habilement ouvragée, le lieu sacro-saint où reposent les reliques; lui encore qui fit restaurer les belles statues de la Mère de Dieu et de saint Joseph. Il faisait le bien à Venerque comme son divin Maître. Dieu, qui le réservait à des œuvres plus grandes, le prêta un instant à Saint-Nicolas et à la cathédrale pour l'élever sur le siège épiscopal de Dijon. Et, avec sa couronne d'évêque, Dieu vient de le ravir aux regrets de deux diocèses, pour l'établir à ses côtés dans le ciel.

1863-1872.   L'ABBÉ CARPONSIN.

M. l'abbé Carponsin hérita, à son tour, de la paroisse de Venerque. Son souvenir est toujours vivant dans cette paroisse. Lui aussi a laissé dans le cœur des Venerquois une mémoire que le temps ne saurait affaiblir. Il était bon à tous et à ses confrères. Il dota Venerque d'un magnifique Chemin de croix, tout à fait en harmonie avec le style grandiose de l'église. Il fut béni par Mgr Desprez, notre vénéré Cardinal, et M. de Pous, son vicaire général, rehaussa la cérémonie du secours de son ardente parole.

1872-1873.   L'ABBÉ BERGOUGNAN.

M. l'abbé Bergougnan, successeur de l'abbé Carponsin, ne fit que passer dans cette paroisse. Il a laissé une réputation de prédicateur très zélé.

1873-1878.   L'ABBÉ GOUDAL.

M. Goudal, aujourd'hui doyen de Cazères, remplaça M. l'abbé Bergougnan. Ses œuvres aussi parlent en sa faveur. Quand on entre dans l'église et qu'on voit la chaire où MM. Virebent ont laissé leur empreinte savante, on se sent forcé à en laisser tout le mérite à M. l'abbé Goudal.

1878-1885.   L'ABBÉ MELET.

L'auteur de cette notice fut appelé à remplacer M. Goudal. Il n'a qu'une chose à dire : c'est qu'en quittant la bonne et religieuse

paroisse de Venerque, il emporte la consolation de la laisser entre des mains in-
telligentes et dévouées.

1885.　　　　　　L'ABBÉ BARTHÈS.

FIN

TABLE DES MATIÈRES

Pages.

Préface 5

PREMIÈRE PARTIE

Préambule au rapport 7
Rapport fait à Son Éminence Mgr le Cardinal Desprez, archevêque de Toulouse, sur l'invention du corps de sainte Alberte à Venerque. 15
Premières conclusions du rapport. — Conclusions morales.. 49
Secondes conclusions du rapport, — Conclusions pratiques. 57
Fêtes de sainte Alberte 61
   —   —   I. Avant la fête 61
   —   —   II. La fête 65
   —   —   III. Après la fête 69
Rapport sur la séparation des reliques de sainte Alberte d'avec celles de saint Phébade. 77
Rapport sur la visite de Son Éminence Mgr le Cardinal Desprez, archevêque de Toulouse, à Venerque, et sur l'authenticité donnée aux reliques de sainte Alberte, sainte Foy, saint Phébade et les saints martyrs Cyr et Tiburce. 81

SECONDE PARTIE

Trésor de l'église de Venerque. 85
Saint Phébade, évêque d'Agen. (Fête, le 24 avril.) 91

Sainte Alberte, vierge et martyre. (Fête, le 11 mars.)...... 105

Sainte Foy, première martyre d'Agen. (Fête, le 7 octobre.). 113

Saint Pierre, apôtre. (Fête, le 29 juin.). 121

Saint Clément, pape. (Fête, le 23 novembre.)............. 131

Saint Flavien, consul et martyr. (Fête, le 22 juin.)........ 137

Saint Vital, martyr. (Fête, le 28 avril.)...... :.......... 141

Saint Claude, martyr. (Fête, le 8 novembre.)............ 145

Saint Tiburce et sainte Suzanne, martyrs. (Fête, le 11 août). 149

Saint Gaudens, martyr. (Fête, le 30 août.)............... 155

Saint Cyr et sainte Julitte, martyrs. (Fête, le 16 juin.).... 159

Sainte Catherine d'Alexandrie, vierge et martyre. (Fête, le
25 novembre.)............................... 163

Sainte Philomène, vierge et martyre. (Fête, le 10 août.).... 171

Saint Roch. (Fête, le 16 août.)...................... 175

Sainte Germaine, vierge. (Fête, le 15 juin.)............. 179

Saint Benoît Labre. (Fête, le 16 avril.)................ 191

Ex pallio sancti Josephi (Du manteau de saint Joseph)....... 199

Ex velo beatæ Mariæ Virginis (Du voile de la bienheureuse
Vierge Marie)................................ 201

Lettre de saint Ambroise à Phébade et à Delphin, évêques. 203

Monographie de Venerque............................ 205

Noms des prêtres qui ont occupé la cure de Venerque depuis
1497 225

FIN DE LA TABLE DES MATIÈRES

Toulouse. — Imprimerie catholique Saint-Cyprien.

IMP. SAINT-CYPRIEN